Die Reißzwecke in der Regenrinne

Oder:
Ein Hypochonder in New York

Über das Buch:

CARL PIEZNIK, 33 Jahre alt, bezieht seine neue Wohnung in Manhattan, aber nur er kennt die wirklichen Gründe seines Umzugs. Seiner Schwester Emilia verschweigt er seine Neurose, weiß sie doch nur von seiner Hypochondrie.

Wie sich so oft etwas Unbedeutendes zu etwas erheblich Großem auswächst, muss auch Carl erleben, was seinem Bestreben, den Doktortitel zu erlangen, in die Quere kommt …

Die Reißzwecke in der Regenrinne

Oder:
Ein Hypochonder in New York

von
Pascal Debra

2. Auflage 2018, Originalauflage 2009
Pascal Debra: Die Reißzwecke in der Regenrinne.
Oder: Ein Hypochonder in New York

Herstellung und Verlag: BoD – Books on Demand, Norderstedt
ISBN: 9783746024295

1

Als der junge Mann die knarzenden Treppen nach oben, in den Licht durchfluteten verwinkelten Flur stapfte, war er eigentlich bereits schon wieder müde, bzw. noch,... oder er muss irgendwie komisch gelegen haben, denn sein Nacken schmerzte. Es war 10.10 Uhr, genauer 10.12 Uhr, eine gar unchristliche Zeit zum Arbeiten, bedenkt man, wie viel Schlaf ein Mensch zum Gesundbleiben tatsächlich benötigt. Er bezog zu diesem Zeitpunkt seine neue Wohnung, war gerade nach New York gezogen, hatte sich an der Columbia University immatrikuliert und freute sich, einen neuen

Lebensabschnitt beginnen zu können. Immer noch fühlte er sich etwas diesig, er hätte eine kleine Pause auf den unteren Treppen abhalten sollen, aber es sollte anders kommen.

Mit lautem Lachen und unangenehm polterndem Geräusch rauschte seine Schwester mit ihrer besten Freundin durch den Eingangsflur unten an der Tür, schlug dabei die empfindlichen Umzugskisten gegen wohl jede Klinke, Mauer und im Flur geparkte Mountainbikeräder, die es dort unten gab. Inzwischen war der junge Mann im dritten Stock angelangt. Also verblieben noch zwei. Hechelnd hatte er sich bereits hingesetzt, war hingesunken wie ein nasser Sack Reis und blieb dort erst mal. So hörte er Emilia, seiner Schwester und Carol zu, wie sie die Treppen hochspurteten. Dagegen war er ja hochgekrochen. Was war los? Er war doch nun nicht sooo viel älter als sie. Genau vier Jahre trennten sie.

Ähem,…dreieinhalb…Nein.

„Emiiiiliiaaaaaa. Wie alt bist du denn eigentlich?" schrie er betont laut durch das gesamte Treppenhaus.

Es wurde still.

Er wiederholte seine ihm wichtig und dringlich vorkommende Frage.

Von weiter unten drang es dann etwas miesepeterig: „Sag mal, hast du keine anderen Sorgen? Komm und hilf uns, Carl! Die Kisten sind schwer und schleppen sich nicht von selbst. Was hast du da überhaupt eingepackt? Ich dachte, du hättest Mom gesagt, du würdest nicht soviel Kram horten."

Etwas verdutzt und total verschwitzt erhob er sich unter eigenartigen Schmerzen des großen Rundmuskels am Rücken. Eigentlich aber könnte man das etwas genauer analysieren, dachte er kurz, bzw. den Diagnoserahmen eingrenzen; er würde sogar vermuten, dass der vordere Wirbelbogen der gegenüber des Dornfortsatzes T3 oder T4 liegt, einen Riss bekommen hatte. Zumindest aber musste er feststellen, und dies mit an Sicherheit grenzender Wahrscheinlichkeit, dass die Schmerzen thorakal sein mussten. So!

Durch die Hilfeschreie seiner Schwester wurde er aus seinen reflektorischen Tagträumen gerissen.

„Kommst Du jetzt runter, oder was?!?!" schrie sie ihm hoch.

„Schrei doch nicht so, Emilia!" ermahnte er sie, etwas hilflos, „was sollen denn die Leute im Haus denken."

-„Äh…die sind arbeiten, oder nein warte: die sitzen heute alle zu Hause, haben sich alle, ausnahmslos, frei genommen, weil oh −ho der Neue zieht ja ein. Das dürfen wir ja nicht verpassen. Lass uns noch Chips oder Nachos kaufen."

Ungesehen schob er schmollend die Unterlippe vor. „Pfffff…."

So, dachte er, dann bleib ich mal noch etwas sitzen.

Als beide im fünften Stock angekommen waren, war er dann doch etwas ermuntert und gelinde gesagt, etwas beruhigt, dass nun auch die beiden schwer atmeten. Dabei waren sie ja jünger. Vielleicht war er

doch nicht so unsportlich, wie er zunächst angenommen hatte. Er fühlte sich plötzlich so leicht. Als er dies gerade gedacht hatte, hörte er bereits das schnelle Klacken der Absätze der beiden Frauen auf den Treppenstufen, denn sie waren bereits wieder hinunter gehuscht....
Na toll!

2

Sieben Stunden später.
Carl versuchte neuerdings abwechselnd die Treppenstufen jeweils in Zweiergruppen einzuteilen, nicht dass er sie bloß zählte und ihrer Paritätswürdigkeit wegen fleißig berechnete; nein, die Sache ging noch tiefer: eingebunden in seine mathematischen Errungenschaften wurde die vitale, körperliche Tätigkeit dahingehend erweitert, dass er nun jede zweite Stufe zu überspringen versuchte.

Dieser Aufgabe fühlte er sich mehr als gewachsen. Sie schien ihm so klar, als hätte sie auf ihn gewartet…auf Pieznik.

Auf Carl Pieznik.

Und das war kein Scherz. Er wusste um die Beschwerlichkeit. Aber gerade deshalb erschien es ihm wichtig, ja gewichtig, bedeutend…exorbitant bemerkenswert.

Emilia und Carol halfen zwar, waren jedoch mehrfach im Treppenhaus ins Quatschen geraten und mussten mehrmals von Carl ermahnt werden, das doch bitte bleiben zu lassen. Der Lieferwagen schien nicht leer werden zu wollen und ewig konnte er ihn auch nicht so quer über dem Bürgersteig geparkt lassen…

Daher: sollte er zwei Stufen auf einmal erwischen, würde es schneller gehen. Die Idee, somit noch etwas mehr Fitness zu betreiben, stieß entgegen jeder Erwartung nicht auf offene Ohren, obgleich seine Begeisterung die beiden Frauen vielleicht hätte überzeugen können. Aber dem war mitnichten so.

Er solle froh sein, dass sie sich überhaupt für ihn abplagen würden, schnauzte Emilia Carl mit kläffender Stimme an.

Er musste eingestehen, ein Quäntchen Wahrheit konnte er dem nicht absprechen. Also trat er in die Straße, die zu dieser Zeit noch von der Sonne beschienen wurde, hievte die nächste Ladung auf die Schulter, mit der kurzen Erwartungshaltung eines baldigen Stechens nahe der Wirbelsäule, oder eines Knackens, das ihn zur Aufgabe dieser mühseligen Arbeit drängte. Aber sein Rücken war stärker.

Die Wohnung lag in den Morningside Heights, wo auch die Columbia in der Nähe war, genauer gesagt, in der Amsterdam Avenue. Allerdings war seine Wohnung, wie bereits erwähnt, im oberen, fünften Stockwerk, und er wusste noch nicht so genau, ob es ihm als Glücksfall in den Schoß gefallen war, oder ob die Plackerei nur einen riesengroßen Haufen Probleme hinterlassen hatte. Das würde er in näherer Zukunft sehen, wobei er recht behalten würde.

Nun aber wollte er die restlichen Pappkartons, die immer mehr zu wiegen schienen, schnellstens ins Innere dieses graubraunen Gebäudes befördern, wobei die neue Strategie ihm ein mutiges Grunzen entlockte. So geschah es, dass er den ersten und zweiten Stock erschreckend schnell erreicht hatte, begleitet von der doch nicht geringen Bewunderung, die sich mit Erstaunen paarte, die die beiden Mädels ihm entgegenbrachten, die schon wieder auf dem Weg durchs Treppenhaus nach unten waren.

Als beide mit weiteren mittelgroßen und kleinen Kartons die ersten Stufen hocheilten, hörten sie das bereits schon irgendwie erwartete Krachen, Poltern und elendige Schimpfen. Die Frauen würdigten der Erwartungshaltung wegen, diesem „malheur" insofern, dass sie augenrollend am Treppengeländer gestützt standen, der letzten Hoffnung beraubt, etwas Vernunft stecke vielleicht doch in diesem schusseligen Kerl, obgleich Emilia sich nun tatsächlich Sorgen machte. Nicht so sehr über Carl, als vielmehr über die unüberbrückbare Gewissheit, dass sie wohl eine ähnliche DNA in sich tragen würde, wie dieser Dummkopf, der mit hochrotem Kopf, wütend und mit den Händen wedelnd, zwischen den gebrochenen Tellern, Tischauflagen und dem Geschirr, lag, schimpfend, tobend, die unsichere Gegend beleidigend. Hätte der Hausmeister seinen Worten gelauscht, er wäre gekränkt gewesen. Der Hausmeister übrigens, ein dünner, zitternder, wohl annähernd siebzigjähriger Mann, der bedeutend älter aussah als er war, verhärmt und mit fusseligem, weißem Resthaar, war morgens noch neugierig zum Van gekommen, zwecks obligatorischer Begrüßung. Er stellte Fragen, die zu diesem Zeitpunkt aber noch keiner beantworten konnte. Das Wie, Was und Warum des Einzugs war noch der einfachere Teil, jedoch hörte man ihn sehr schlecht, was nicht zuletzt an seiner kaum wahrnehmbaren fast lautlos krächzenden Stimme lag, wobei er die letzten vier oder fünf Wörter kategorisch verschluckte, anstatt sie laut dem Zuhörer preiszugeben. So ergab sich, dass ein Satz, den man angestrengt zu hören versuchte, immer leiser wurde, wie ein Radio das langsam aber stetig immer leiser gedreht wurde, so dass man am Ende zwar noch die sich bewegenden Lippen sah, aber kein Ton über diese mehr kam. Schnell geriet man in Erstaunen, rätselnd was wohl gemeint sein könnte, und wie der Satz wohl endete. Darüber waren Carl, Emilia und Carol am Morgen fast in einen handfesten Streit geraten. Sich auf die übergeordnete Aufgabe konzentrierend, konnte man dieser Auseinandersetzung noch ausweichen. Eigentlich ging es auch nicht um die teilweiselautlose Kommunikation des Greises, als vielmehr um den Umstand, dass das Haus eigentlich einen alten Aufzug besaß. Er war alt, aber es war einer. Es verhielt sich aber nun so, dass dieser Aufzug nicht benutzt wurde. Er war zwar alt, aber nicht kaputt. Und da lag, wollte man Carls Meinung hören, auch das eigentliche Problem. Der Hausmeister, das hatte Carl noch vernehmen können, hätte ihn abgeschaltet und zwar kategorisch und war daher für niemanden, ohne Ausnahme, nutzbar. Die Erklärung folgte auf dem Fuße: Der

Hausmeister nämlich war derart klaustrophobisch geraten, dass dieser den Aufzug nicht einmal für Inspektions- und Instandhaltungszwecke bestieg. Und da er auch niemanden aus einem feststeckenden Aufzug retten könne, weil er dafür das Teufelsgerät hätte betreten müssen, dürfe auch sonst keiner ihn benutzen. Mit diesen Worten war der alte Mann in der blauen, viel zu großen und ausgefransten Latzhose davongetrippelt, murmelnd und mit den dünnen Ärmchen umherfuchtelnd. So bog er um die nächste Ecke.

Carl versuchte mühsam aufzustehen, seine Schwester war allerdings wie unbeteiligt hoch in die Wohnung gespurtet und schon wieder auf dem Weg an ihm vorbei. Heiter, fast ironisch, ließ sie dann trocken die Worte fallen: „Aber, Carl, du weißt doch, dass du nicht so stürmisch sein solltest! Mom hat uns schon damals gesagt, du solltest nicht so rennen!"

Carl stutzte. Wollte sie nun einen Streit vom Zaun brechen? Wollte sie ihn provozieren?

Schon fast aus der Vordertür raus, schob Emilia dann hinterher:

„Schon damals, als du das rote Dreirad durch die Vordertür lenken wolltest, bist du mitsamt dem Ding mehrmals hintereinander umgefallen. Du solltest also wirklich vorsichtiger sein!"

Carol hielt sich vor Lachen den Bauch.

Na toll, so weit also war es gekommen.

Die Frauen machten sich über ihn, Carl Pieznik, lustig. Dabei wusste Emilia eigentlich ganz genau, dass Carls Jugend, besser gesagt, seine Kindheit durchaus nicht immer spaßig gewesen ist. Sie wusste: es gab Momente in denen er noch immer daran litt, auch wenn es über zwanzig Jahre her war. Eigentlich hätte er damals schon zum Psychologen geschickt werden sollen. Dieses Versäumnis war nun vielleicht in der Art sichtbar, wie Carl sich manchmal verhielt, auch anderen Menschen gegenüber. Dabei wusste Emilia nicht, dass Carl sich in seiner Studienzeit in psychologische Behandlung begeben hatte. Eine Verbesserung wäre ihr allerdings ohnehin auch nicht wirklich sichtbar gewesen.

Als Carl acht Jahre alt war, wurde er in der Longstone Schule wegen auffälligem Verhalten in die Büßerecke geschickt. Nachdem aber die Feueralarmsirene den Unterricht unterbrach und dieser (später als reiner Alarmtest zu bewertende) Feueralarm von Frau Kordich organisiert werden musste und diese derart konzentriert war in der gegebenen Zeit die Sammelstelle für alle Klassen zu erreichen, dabei die durchgezählten Kinder, die in den Bänken tatsächlich alle ins Freie gelotst hatte, hatte sie ihn, Carl, schlicht und einfach vergessen. So stand Carl also weiterhin zitternd in der Büßerecke und stellte sich bereits vor, wie er lebendig verbrannt werden würde. Da er die Mauer anstarren musste, war es ihm unmöglich zu sehen, ob wirklich Feuer irgendwo war. Als die Klasse, aufgedreht und schreiend in den Klassenraum zurückkehrte, sah jeder, dass man Carl vergessen hatte.

Nun stand er in der Ecke, weinend, zitternd, hatte sich eingenässt und starrte immer noch, wie befohlen, die Wand an.

3

Als alle Pappkartons, die zum Bersten mit allerlei Gegenständen gefüllt waren, oben in der Wohnung standen, war es bereits Abend. Die Sonne war schon weit hinten in der Stadt gesunken und nur einige rötlich gefärbte Wolken zogen über den ruhigen Himmel. Tauben gurrten vor Carls Mansardenfenster.

Carol und Emilia hatten ihre Arbeitskleidung bereits wieder abgestreift, die damit mit Nachdruck signalisieren wollten, dass für sie nun endgültig Schluss wäre an diesem Tag. Schließlich wollten sie ihren Gesundheitszustand nicht gänzlich gegen die Wand fahren. Carl zwirbelte an den Klebebandresten eines Pappkartons herum. Dann erhob er sich, stützte die Hände demonstrativ in die Hüften und meinte dann, sichtlich erschöpft, doch zufrieden:

„Meine Damen, wir haben uns ein Bier verdient. Irgendwo in dieser Straße muss ein Pub zu finden sein. Lasst uns drauf anstoßen, dass wir alles hier raufgeschafft haben."

„…und dass niemand ernsthaft verletzt wurde!" vervollständigte Emilia gedanklich den Satz, verzichtete aber aus nachvollziehbaren, fast ethischen Gründen auf eine solche Spitze und grinste gequält. Sie liebte ihren Bruder aber manchmal würde sie ihm einfach mal gerne…

Carol und Emilia kannten sich bereits seit ihrer Collegezeit. Sie waren beide im Schwimmteam gewesen, hatten auch einige Collegemeisterschaften gewonnen, aber die Zeit war längst vorbei. Carol hatte anschließend eine Ergotherapeutenausbildung begonnen, nebenbei aber dermaßen viel und oft als Kellnerin arbeiten müssen, um sich ihren Unterhalt leisten zu können, dass die Ausbildung anfangs schleppend verlief, dann bruchstückhafte Lücken entstanden und zuletzt eigentlich gänzlich zum Stillstand gekommen war. Dabei war Carol sehr klug, hübsch und witzig. Emilia hingegen hatte sich als Sprachlehrerin betätigt, mehr schlecht als recht über die Runden gekommen, wurde drei Jahre zuvor von ihrem Lover in der gemeinsamen Wohnung sitzen gelassen und besuchte nun wieder Kurse an der Columbia. Die Wohnung war dementsprechend finanziell nicht mehr tragbar und hatte sich zusammen mit Carol in eine WG in Queens eingemietet.

Carl hingegen hatte erfolgreich studieren können und ein Stipendium ergattert. Er wollte nun auch seinen Doktortitel vorbereiten, was der eigentliche Grund seines Umzugs nach Manhattan gewesen war. Allerdings gab es noch einige Gründe mehr. Die aber kannte seine Schwester nicht und auch seiner Familie gegenüber hatte er darüber kein Wort verloren. Es war ihm peinlich oder er schämte sich dafür. Das war nicht so klar. Allerdings sollte er hier in einer erweiterten Therapie bei einem guten Nervenarzt unterkommen, die, wie sein früherer Psychologe meinte, sodann zu einem geglückten Abschluss seiner Neurosen führen könne. Diese Hoffnung bestärkte Carl in der Vermutung, er könne durch einen Ortswechsel, als auch durch eine Art Neuanfang hier in Manhattan Fuß fassen.

Seine Zwangsneurosen überschatteten alles in seinem Leben. Er verbarg sie mit Mühe und Not vor seiner Familie, aber auch vor Freunden. Der Grund, so sein Psychologe, sei das einschlägige Ereignis in seiner Kindheit gewesen, als er in der Büßerecke stehen musste. Allerdings musste auch hier noch weiter in der Vergangenheit geforscht werden, um ein Gesamtbild erstellen zu können. Und dies, so sein Psychologe Dr. Bernstein, käme erst durch einen Spezialisten in Manhattan zum Tragen.

In Wirklichkeit aber schien Carl ein solch problematischer Fall, dass Carls brauner Ordner mit der Bestimmung „Austherapiert" abgestempelt wurde und er selbst, Dr. Bernstein, angefangen hatte nervöse Zuckungen an sich feststellen zu müssen.

4

Etwas angeheitert hatte sich Carl ein weiteres Bier bestellt, ein Tick zu laut war er geworden, eine Nuance zu unpassend, schien es, denn obwohl es im Pub sehr laut war, fühlte Emilia die Blicke der anderen Pubbesucher auf sich. Carol saß, das Gesicht in die Hände gestützt über ihrem fünften Chardonnay, das in einem derart bauchigen Glas serviert worden war, dass sie dahinter zu verschwinden drohte, wobei Emilia bereits seit längerer Zeit an ihrem Longdrink nuckelte und immer wieder ihren Trizeps befühlen musste, der ihr sichtlich Probleme bereitete. Carls hochroter Kopf und sein verschwitztes Karohemd verrieten ihr, dass seine Grenze eigentlich längst überschritten war. Das Problem war nur, dass er selbst den Moment der mäßigenden Selbstkontrolle verpasst hatte und in der Peinlichkeitsskala ohne Halt, sofort und ohne Zwischenstopp in den morgendlichen Blackout mit Kater zu rutschen drohte. Ihr graute vor dieser Idee, war sie es doch die ihn dann nach Hause schleppen musste. Sie sah das Unausweichliche dieses Abends.

Drei Stunden später wackelte er transpirierend vor der Bluesband umher, man möge es wohlwollend als Tanz verstehen und vergaß wohl gänzlich, dass er nicht nur sich, sondern auch seine Begleiterinnen mehr als blamierte.

Die meisten Gäste waren gegangen und der Barkeeper spülte bereits die Gläser, wartend, dass die letzten Pubbesucher sich nach Hause trollten. Überaus wirksam schien Carls Tanz der Sperrstunde entgegenzukommen. Carol schlief bereits, eingemummt in ihren überlangen roten Schal, den Kopf auf dem verschmierten Tisch liegend. Emilia gelang es dann doch noch, Carol insofern wach halten zu können, um sie schleunigst nach draußen in die frische Luft zu befördern, bevor ihr Bruder mitbekommen hatte, dass beide gegangen waren.

Sie wollte sich dieses Elend nicht mehr ansehen, geschweige denn dafür geradestehen müssen, sollte Carl irgendeine, nicht näher erläuterbare Dummheit passieren. Sie wären dann wohl weg. Carl hatte die Flucht der beiden nicht einmal bemerkt.

5

Ein dumpfes Hämmern drang in Carls Bewusstsein, nadelstichartige Schmerzen durchflossen seine Augenhöhlen, sein Magen rebellierte aufs Übelste.
Er öffnete die Augen einen kleinen Spalt. Nur so viel wie nötig, um schemenhaft die Außenwelt wahrnehmen zu können. Seine Glieder schmerzten und fühlten sich dumpf an, jeder Herzschlag war eine Qual.
Er war zuhause, zumindest das wusste er mit an Sicherheit grenzender Wahrscheinlichkeit. Etwas benommen versuchte er frei zu stehen.

Mein Gott, dacht er, wie bin ich nach Hause gekommen? Was ist passiert? Und vor allem, wo waren Emilia und Carol? Hatten sie ihn nach Hause gebracht?

Die Fragen rauschten durch seinen Kopf. Der Schmerz wurde heftiger und ließ gefühlsmäßig die Fragen fast aus dem Kopf quellen. Er hatte auf der noch mit Plastikfolie überzogenen Couch geschlafen, hatte seine Schuhe allerdings ausgezogen. Er hatte sich, wie er nun feststellte, irgendwie allein entkleiden können. Ein halbwegs erfreulicher Gedanke.

Carl hatte absolut keinen Schimmer von dem, was am Abend und in der Nacht zuvor passiert war. Ein Totalschaden des Cortex. Na super.

Das war nicht die Art, wie er die erste Nacht in der neu bezogenen Wohnung einweihen wollte. Es war auch nicht wirklich sein Plan gewesen in den erstbesten Pub zu stolpern, das erstbeste Bier zu bestellen und auf den erstbesten dämlichen Song abzutanzen, was er wohl in dieser Reihenfolge sicherlich gemacht hatte, seinen Muskelschmerzen nach zu urteilen.

Denn die waren, unter den allgemeinen Nerven- und Gliederschmerzen auch unleugbar vorhanden.

Der Griff zum Handy, um die Auflösung der nächtlichen Eskapade in allen Details von Emilia punktgenau zu erbitten, war die erste wichtige Tat an jenem Tag, was Carl prompt machte. Als nach langem Besetztzeichen keiner auf der anderen Seite dran ging, genehmigte er sich erst mal eine Dusche, dann einen Espresso aus der Mokka-Espressokanne, die er über dem Gasherd erhitzen konnte.

Dann packte er einige Kisten aus, frustriert über seine schlecht gepackten Kartons, in denen er nicht das wiederfand, was er erwartet hatte und ließ alsbald davon ab.

Mehr war auch nicht möglich und seine Einschränkung vertrieb ihn rasch aus der Wohnung.

Als er die knarzenden Stufen hinabstieg, kam ihm unten im Flur eine Bewohnerin des Hauses entgegen. Die ältere Dame trug ein hellgrünes verziertes Kleid mit buntem Blümchenmuster und eine gelbe Schürze darüber. Ihre offenen blauen Augen schauten neugierig zu Carl hinauf und wie zum Gespräch aufmunternd, lächelte sie ihn an. Da sie dermaßen klein war und Car dermaßen groß, musste sie angestrengt den Kopf in den Nacken legen, was Carl ein unwohles Gefühl bescherte und sich etwas kleiner zu machen versuchte. Vergeblich.

„Ah" sagte sie, „sie sind bestimmt der Neue oben vom fünften Stock. Ich bin Frau Björnsdotter" und streckte ihm ihre alte dünne Hand hin, deren Fingernägel mit dem hellroten Nagellack sehr gepflegt aussahen.

„Sehr angenehm" erwiderte Carl, sichtlich gerührt. „Ich bin Carl. Carl Pieznik, und ja, Sie haben recht. Ich wohne ab jetzt hier in der Wohnung links im fünften Stockwerk."

„Oh, das ist aber schön!" meinte die Frau entzückt und plapperte dann weiter:

„Wissen Sie, ich geh normalerweise nicht so auf die Straße und schon gar nicht zu dieser Uhrzeit. Was würden die Leute denn auch denken. Nein, ich backe nur gerade einen Kuchen. Meine Freundinnen kommen heute Mittag zu Besuch und dann muss Kuchen vorhanden sein. Und leider sind mir die Eier ausgegangen und so bin ich schnell in den kleinen Laden rein, unten an der Ecke, wo…"

„Ooohhh" meinte Carl mit gespieltem Erstaunen. Er wollte sie eigentlich damit unterbrechen, aber es gelang ihm nicht. Sein Kopf hämmerte wieder.

Mögen Sie Kuchen?" fragte die Dame.

-„Ähem…Kuchen? Ja, ja. Ja, natürlich mag ich Kuchen. Kuchen ist,…lecker!"

-„Oh, das ist das aber schön. Dann müssen Sie meinen Kuchen probieren. Der ist gut."

-„Sicher Frau…"

-„ Björnsdotter. Mein Name ist Björnsdotter". Sie lächelte immer noch zufrieden.

„-Ja, Frau Björnsdotter, oh, gerne würde ich Ihren Kuchen probieren." Hilfesuchend blickte Carl sich um. Er hoffte dass jemand das Haus betreten würde, als Ablöse sozusagen. Irgendjemand! Aber niemand kam.

Strahlend erklärte Frau Björnsdotter, dass ihre Familie aus Schweden nach New York gekommen sei, sie wüsste aber nicht genau wann, aber es müsste so ungefähr um 1913 gewesen sein. Sie habe noch einen Bruder, der wohne aber jetzt nicht mehr in New York, sondern in Philadelphia.

Carl fasste sich an die Schläfe und lächelte tapfer. Ohne hinzuhören warf Carl ein:

„Ich mag Kuchen sehr…"

„Oh ja, das ist schön! Wissen Sie was, ich mache heute Käse-Mohn-Kuchen."

Sie nickte, sich selbst zustimmend.

„Aber ich mache auch sehr ausgezeichnete Quarkplunder und Apfelkuchen mit Streusel, auch gute Eierlikörberliner, Pflaumen- und Kirschkuchen, gefüllter Butterstreuselkuchen, Donuts, Muffins, Pflaumengipfel und Quarkkrüstchen…"

„Oh guuuut." sagte Carl gespielt, obwohl er jetzt doch Lust hatte auf eine solche Leckerei.

„Und was machen Sie so?" fragte die Frau neugierig und schaute ihn weiterhin mit ihren hellblauen Augen an.

„Oh ich promoviere!" sagte Carl knapp.

Die alte Dame wurde etwas bleich um ihre gepuderte Nase und schien etwas verlegen ob ihrer Unkenntnis.

„Oh, na sowas…" meinte sie.

„Ja, an der Columbia Universität"

Eine gewisse, aufkommende Nervosität konnte sie nicht verstecken:

„Oh,…herrje…ich kenn das doch alles gar nicht."

Etwas verstört war nun auch Carl, ob ihrer eigenartigen Reaktion:

-„Ähem, sicher. Das macht doch nichts."

-„Oh und wo machen sie das?" fragte sie.

-„Ja, na, an der Universität" wiederholte Carl. „Das muss man ja dort tun, man kann zwar vieles zuhause bearbeiten, aber man muss dafür doch vor allem an der Uni sein."

Die alte Dame verstummte, wandte sich von ihm ab und murmelte vor sich hin: „Die Jugend heute, die macht Sachen, das versteht man doch in unserem Alter gar nicht mehr…"

Aber diese Worte hatte Carl nicht mehr mitbekommen, er war bereits durch die Vordertür ins Freie gelangt.

6

Carls Weg führte ihn notgedrungen an die Columbia, wobei er einige Stationen mit der Metro fuhr, sich dann aber entschloss, das laue Frühlingswetter der Oberwelt zu genießen. New York roch angenehm seltsam, nicht alltäglich und dennoch schien es der Stadt zu gelingen, ihm ein Lächeln aufs Gesicht zu zaubern, wie zuvor nur wenigen Städten dies gelang. Noch einmal versuchte Carl seine Schwester anzurufen, suchte ihre Nummer aus dem Verzeichnis und drückte das Gerät fest gegen sein Ohr. Die Straße war derart belebt, dass es anstrengte, Handystimmen zu hören, selbst dann, wenn man das Teil fast ins Innenohr drückte. Diesmal war sein Anruf geglückt. Etwas nervös fragte Carl, was in der letzten Nacht passiert sei, was Emilia aufs Äußerste zu belustigen schien.

„Du weißt allen Ernstes nicht mehr was passiert ist?" lachte sie.

„Nein, deshalb rufe ich dich ja an." murmelte er verlegen.

-„Du…hast getanzt,…und…"

-„Oh nein, sag, dass das nicht wahr ist!" bettelte Carl und blieb auf dem Bürgerstig stehen, drängte sich zu einem Schaufenster durch die Menschenmenge hindurch und blieb dort erst mal gedankenlos stehen. Er wusste, dass er durch Tanzen immer negativ auffiel. Mehrmals brachte ihm das sogar eine Tracht Prügel ein. Auch wenn das noch an der High-School gewesen war, konnte er sich leider überaus gut an sein fatales „Gezappel", wie seine eigene Schwester zu sagen pflegte, erinnern. Damals hatten die McCormack-Brüder ihm Prügel angedroht, was er jedoch nicht ernst genug genommen hatte, wie er im Nachhinein schmerzlich erfahren musste. Man hatte ihm einige wirklich schlimme Blutergüsse und eine gebrochene Nase zugefügt, hatte sich aber nicht getraut die Missetäter anzuzeigen, bzw. ihre Namen offenzulegen.

„Bist Du noch zuhause" fragte Emilia.

-„Nein, ich laufe gerade etwas herum, möchte jedoch noch zur Uni"

„-Oh" antwortete sie, „ich bin gerade auch dort. Wir könnten uns sehen."

Carl bejahte, freute sich sogar eigenartigerweise darauf und steckte sein Handy in die Tasche.

Er schaute sich das Schaufenster an, die Kleider. Lange stand er so davor, merkte alsbald, dass er unentwegt die Schaufensterpuppe mit den schönen Augen anstarrte. Sie gefiel ihm, dachte aber nicht weiter darüber nach. Er schulterte seine schwere Tasche und verschwand in der Menschenmenge.

7

An der Universität war bereits eine Menge los. Über die Gänge huschten Gruppen von Studenten, die Richtung Kantine drängten, einige schlurften müde und fast unsichtbar an den Mauern entlang, andere saßen draußen, lachend und gelassen auf den Stufen der Low Library. Über ihren Köpfen thronte die weiße Kuppel und die hohen Säulen fügten sich gebieterisch in die Gesamtkulisse. Die Columbia University, so wusste Carl, ist eine der ältesten Einrichtungen Amerikas. Darauf war er schon ein bisschen stolz, lief es doch darauf hinaus, dass er hier seinen Doktortitel in Angriff nehmen würde. Hinter der Earl Hall spielten die ersten Sonnenstrahlen durch die Äste und tauchte den ganzen Campus in ein erhabenes Licht.

Da er noch etwas zu früh dran war, stellte sich Carl vor die große Wand mit dem Aushang und las neugierig die skurrilsten Nachrichten. Einige Studenten drängten sich vor, suchten nach billigen Wohnungsmöglichkeiten oder Gebrauchsgegenständen, die durch WG-Auflösungen oder ähnliches, vakant waren und den Besitzer für wenig Geld wechselten. Hier gab es fast alles. Carl staunte. Ein junges Mädchen mit AudreyHepburn-Frisur probierte einhändig ein Blatt an die Wand zu pinnen, wobei ihre andere Hand vier übergroße Bücher krampfhaft festzuhalten versuchte.

„Kann ich Dir helfen" fragte Carl und räusperte sich.

„Ja" seufzte sie erleichtert, „in der Tat, irgendwie klappt das ja überhaupt nicht" und überreichte Carl lächelnd die Blätter und die roten Reißzwecken.

„Wo soll ich sie hinpinnen?" fragte er.

„Einige oben, und einige unten, für die nicht ganz so großen Personen, die hier rumrennen" lachte sie und machte ein etwas unbedarftes Gesicht.

Ihr Puppengesicht mit den großen blauen Augen hatte Carl auf Anhieb sehr angesprochen.

Nervös hantierte Carl mit den Blättern, den Reißzwecken und seiner auf der Schulter langsam hinunterrutschenden Tasche herum. Eine Reißzwecke verlor er dabei und fiel zu Boden. Inzwischen hatten sich viele Menschen vor dem Aushang angesammelt und beäugten die neuen Angebote. Es gelang ihm, die Blätter fachgerecht hinzupinnen, was dem Mädel mit den blauen Augen sichtlich Freude bereitete.

Carl machte einen Schritt zurück und trat dabei unbemerkt auf die Reißzwecke, wobei diese sich tief in die Ferse seiner Schuhsohle bohrte. Er streckte seine Hand zur Begrüßung aus:

„Hi", sagte er, „ich bin Carl. Carl Pieznik"

„Angenehm", erwiderte das Mädel, „ich bin Simone." Von hinten tippte ihm jemand auf die Schulter, Carl fuhr herum. „Belästigt mein Bruder dich?" fragte Emilia Simone. Abwehrend und lachend sagte Simone:

-„Nein, schon gut, alles ok, wir haben uns hier durch dieses Aushangs-Dings kennengelernt. Du bist seine Schwester? Ihr seht euch ähnlich."

-„Yap, so sieht es aus." bemerkte Emilia.

Sie machten sich einander bekannt, wechselten noch einige nette Worte, dann verließen Carl und Emilia den Aushangflur Richtung Kantine.

Emilia hakte sich bei ihrem Bruder unter, der dies wohlwollend geschehen ließ. Er war zufrieden, sehr sogar.

8

Als sie den großen Raum betraten, der vor Kantinenessengeruch nur so waberte, steuerte Emilia sofort den langen Tisch an der äußeren Seite zu den Fenstern hin, an, wo ihre Freunde bereits warteten. Trent, ein Bob Marley in Weiß, Student der Entwicklungsbiologie, reichte Carl sofort die Hand, lachte über das gesamte Gesicht und schien sichtlich ein zufriedener Mensch zu sein, was Carl etwas missmutig zur Kenntnis nahm, nicht aus Bosheit, sondern eher aus einem gewissen Lebensneid heraus.

Während Marley-Trent sich wieder seiner Gesprächspartnerin widmete und sie über Phykologie, Zytologie und die eukaryotischen Zellen scheinbar zur Selbstbespaßung diskutierten, machte Emilia Carl mit den übrigen Freunden am Tisch bekannt.

„Dies", sagte Emilia und zeigte auf einen Typen, dessen Longsleeve-Shirt gut und gerne über fünfzig ungewaschene und dauerbenutzte Tage hinter sich hatte, „ist Dave. Dave studiert Physik. Ich kenne ihn seit drei Jahren."

Carl grüßte ihn und Dave grüßte zurück. Eigentlich war er froh, dass dieser am anderen Ende des Tisches saß, sodass er ihm glücklicherweise nicht die Hand reichen musste.

Carl war etwas erstaunt über das „allgemeine Niveau", wie er zu sagen pflegte, er hatte sich die Leute an einer solch bekannten und gut angesehenen Universität dann doch etwas anders vorgestellt. Emilia begrüßte gerade stürmisch ein blondes Mädchen. Beide tauschten schnell einige unglaublich wichtige Neuigkeiten aus, dann sagte sie stolz zu Carl: „Brüderchen, darf ich Dir Mena vorstellen? Ich hab dir doch von ihr erzählt. Weißt du: Mena!"

Carl erinnerte sich schemenhaft an den Namen, konnte aber keine bedeutende Verknüpfung in seinem Kopf dafür finden. Carls ratloses Gesicht.

„Na, die Schwester von Carol!"

Carl stutzte und erinnerte sich wieder.

Ja, stimmt. Er hatte in letzter Zeit ein schlechtes Namensgedächtnis, vielleicht sollte er wieder anfangen, mit Mnemotechniken Gesichter und Namen zu verbinden und womöglich auch noch die dazugehörigen Telefonnummern. Er hatte bereits mit seiner Schwester über solch ein Lernsystem diskutiert, allerdings fand sie es damals albern auch die Telefonnummern zu lernen, fand man diese doch ziemlich leicht im Adressbuch des Handys. Wozu dann die Mühe? Ja, wozu die Mühe? Carl versuchte sich zu rechtfertigen, musste aber schnell einsehen, dass er eine Niederlage einzustecken hatte. Das war zu Thanksgiving gewesen. Emilia hatte ihm einen recht großen Dämpfer verpasst und das gefiel ihm überhaupt nicht.

„Und das", fuhr Emilia fort, „ist Robert. Robert ist seit fünf Jahren Menas Freund. Ein Herz und eine Seele".

Robert grüßte knapp, bot ihm jedoch schon die Verkürzung „Rob" an, und widmete sich wieder seiner Unterhaltung mit Dave.

Carl setzte sich zum buntgemischten Studentenvolk und fühlte sich sofort heimisch. Ein wohliges Gefühl erfüllte ihn. Er hatte dieses Gefühl vermisst. Carl versuchte der Diskussion zwischen Rob-Robert und Dave zu folgen, fand es dann aber unangenehm und deplatziert als er merkte über was sie redeten. Irgendwie ging es darum, dass Rob Dave erzählte, dass er Mena letztens, als er mit ihr geschlafen hatte, gefragt habe, ob sie die Pille diesen Monat genommen hätte, was wohl der am wenigsten perfekte Zeitpunkt gewesen war, diese Frage an sie zu richten. Danach sei sie tagelang derart sauer gewesen, dass sie nicht einmal seine Wäsche gewaschen hätte. Das wäre schlimmer gewesen als die Aussage seines Bruders, er habe seine Freundin einmal währenddessen gefragt, woran sie gerade denke, und sie habe geantwortet: an George Clooney. Dave lachte und klopfte sich auf die Schenkel vor Lachen. Carl war etwas unwohl.

Es bestätigte seine Annahme, Dummheit sei ein Gut, das mehrfach verwendbar sei und meistens von denselben Leuten.

Emilia beugte sich verschwörerisch über den Tisch und flüsterte:

„Habt ihr das von dem Typen gelesen, der nackt über den Campus gelaufen ist in dieser Nacht?"

-„Das soll schon mehrmals passiert sein"
fügte Mena hinzu.

-„Ja," schaltete sich Trent ein, „und nicht
nur dort, auch in den umgebenden Blocks
scheint er desnachts öfter so rumzulaufen."

Robert lachte schallend.

Carl grinste verlegen.

Nachdem alle einvernehmlich das Lunch
für beendet erklärten, gingen alle wieder
ihren gewohnten Unitätigkeiten nach. Nur
Mena begleitete Carl und Emilia über den
Campus bis zur Eingangshalle, dann ver-
abschiedete auch sie sich.

9

Vielerlei Dinge waren in Carls Leben nicht
so ganz rund gelaufen. Eins davon war seine Therapie. Eine andere schneidet das
Thema Beziehung an, verliert sich aber in
undurchsichtigen, peinlichen oder ganz
und gar unmöglichen Anekdoten, die an
dieser Stelle nicht genannt sein müssen, um

der hochnotpeinlichen Allgemeinsituation nicht auch noch Vorschub zu leisten.

Seine Behandlung dauerte nun schon seit geraumer Zeit, mit einigen kurzen Unterbrechungen, legte man die Therapiesitzungen über einen Zeitraum von ungefähr drei Jahren, da Mr. Bernstein diesen nutzen wollte, um seine Studie, in die Carl damit irgendwie gerutscht war, stärker gegen außenstehenden Theorien zu untermauern und seine eigene Position innerhalb der Psychiatrie und dem neurologischen Forschungsgebiet zu stärken. Genutzt hatte es augenscheinlich nicht. Das Gegenteil war auch nicht der Fall, aber die Neurose schien sich doch verändert zu haben. Zumindest war Carl wieder in der Lage über die alltäglichen Dinge im Leben zu schmunzeln, auch wenn er selbst sich nicht so sehr als Komiker sah. Da er aber scheinbar keine scharfe Trennlinie zwischen einem gelegentlichen Schmunzeln und einer Stand-Up-Comedy machen konnte, weder bei sich, noch bei anderen, wusste er nie so genau, wann er lachen sollte und wann nicht, und natürlich hatte er keinen blassen Schimmer über seine tatsächliche Lage, und der unübersehbaren doch leicht verdrängten Tatsache, dass Dr. Bernstein ihn aus ganz anderen Gründen, als die, die Carl zu glauben schien, an einen anderen Arzt in Manhattan verwiesen hatte.

An diesem besonders schönen Nachmittag dieses besagten Tags, der so wunderbar mit einem kurzen Bürgersteigausflug durch Manhattan begonnen hatte, war zumindest auch sein Termin bei seinem neuen Nervenarzt angesetzt worden, den er auch penibel einzuhalten gedachte.

Allein dieser Umstand zeigte einige neurotische Verhaltensauffälligkeiten, wobei die somatischen Symptome noch milde Formen besaßen, allerdings fürchtete er, da er unglücklicherweise vor allem auch hypochondrisch veranlagt war, diese würden sich nach und nach in den nächsten Jahren, oder gar Monaten, schleichend in seinem Kopfe einnisten, ohne dass er es selbst bewusst wahrnehmen könne. Dabei war, man muss es erklären, keine phobische Neurose feststellbar gewesen, obwohl man ihm eine leichte unwägbare Angst vor Dingen in Plastiktüten nicht absprechen konnte. Wohl aber beschied Dr. Bernstein ihm eine Charakterneurose, die dergestalt Carl als nobel erachtete.

Also psychosozial am Ende, an der Welt erkrankt und leidend mit allen Wesen: so, oder so ähnlich sah sich Carl.

Ein wenig fühlte er sich mit den geschundenen Geistern der Geschichte brüderlich vereint im Weltschmerz, vor allem Charles Baudelaire war er sehr zugetan. Seit seiner Jugend hatte er seine Bücher und Schriften gesammelt, fein geordnet nach Erscheinungsjahr hatte er sich einige sehr wertvolle Ausgaben angeschafft und stolz sich dadurch seinem Bruder in Seele und Herz so nahe sein zu können, dass er den „mal du siècle" mehr als nur spüren konnte. Er schien es als Teil seiner selbst zu sehen, als Erbe sozusagen. Die innere, wirkliche Verbindung aber schien ihm versagt zu bleiben, was alleine dadurch gegeben war, dass er weder französisch sprach noch lesen konnte, ihm daher natürlich nicht vergönnt war, die Werke in der Originalfassung lesen zu können, was ihm schon auf eine Art und Weise schmerzlich zeigte, dass doch immer eine Distanz zwischen ihm und dem großen Charles Baudelaire bestehen würde.

An jenem Nachmittag suchte er also nun nach dem Gebäude, das er für seine Sessions wohl öfters betreten würde. Er kannte die ungefähre Lage des Komplexes, war doch in der Nähe auch ein Hospital. Das konnte er nicht übersehen. So lief er also mit einem Stadtplan durch die Straßen und atmete die für ihn neue und aufregende New Yorker Luft. Er dachte sich, dass es sich hier wohl gut leben lassen würde, dass ihm hier vieles gelingen würde, was er selbst sich nicht zugetraut hätte.

Er würde morgens in einem Café sitzen, einem Bohème ähnlich, würde einen starken Kaffee trinken, vielleicht etwas schreiben. Den Leuten zusehen, wie sie ein und aus gehen, probieren zu erraten, was die Leute arbeiten, woran sie morgens denken, wenn sie aufstehen oder über was sie nachgrübeln wenn sie sich abends schlafen legen. Ob sie alle die Stadt genießen? Ob alle ihre Art zu leben mögen? Und was er sich ständig fragte: wie viele New Yorker haben einen Psychiater oder Psychologen? Sie ersinnen sich ihre Probleme, ergehen sich in ihrem Gedankenschmerz, betäuben sich mit Medikamenten.

Er hatte das Gebäude gefunden. Carl überquerte noch eine weitere Straße und stieg die marmornen Stufen hinauf zur Tür. Eine näselnde Stimme drang nach einmaligem Klingeln durch die Sprechanlage. Es wurde ihm geöffnet und mit Mühe drückte er die schwere edle Holztür auf. Seine Schritte erschallten als Echo im Treppenhaus. Alles war unverändert wie in den späten Siebzigern oder den Anfängen der Achtziger.

Die Treppen wanden sich in einer Drehung empor, deren Mitte scheinbar der große gelb-weiße Kronleuchter war, der von der Decke hing. Ihm schauderte.

10

Dr. Hank Nash saß versunken in seinem übergroßen ledernen Sessel. Seine angriffslustigen Augen blitzten erwartungsvoll hinter den getönten 80er-Jahre-Brillengläsern auf.

„Über die Annahme einer komplexen Thematik in ihrem Fall", Dr. Nash betonte das „ihr" übermäßig, was Carl überhaupt nicht gefiel, „haben wir, also Dr. Bernstein und ich, uns beraten und ausgetauscht und befanden für richtig, Sie auf einer anderen Stufe zu behandeln"

Carl nickte ratlos und wedelte mit den Ärmchen:

„Wissen Sie, Dr. Nash, das Problem besteht nur insofern, dass mir persönlich die lange Therapie bei Dr. Bernstein nicht sonderlich zusagte, bezogen auf ihre...ähe...Wirksamkeit."

Dr. Nash blickte über seine Brillengläser.

-„Aha" meinte er kurz, widmete sich dann sofort wieder seinem Schreibblock.

„Ich meine, mit Verlaub, ich möchte nicht erst wie die Engländer es zu tun pflegen, mit 40 Jahren, mit Komplexen überladen, merken, dass ich ein ernstes Problem habe, dann erst zum Psychologen renne oder mich von der..äh… London Bridge stürze."

-„Sie meinen also, die Therapie habe nichts gebracht?"

Kurz dachte Carl über die Möglichkeit einer Fangfrage nach, meinte dann:

„Ja, ja, genau das meine ich."

Ein „Aha…" kam aus dem Sessel.

„Meine Güte, ich meine ja nur,…vielleicht sind Sie anders, vielleicht gehen Sie anders an die Sache heran! Ich persönlich muss sagen, und das mit aller Deutlichkeit,…dass ich, ob meiner amateurhaften Meinung…hem…Moment…was sollte ich sagen?

Carl stutzte.

Stille.

„Also ich meine nur dass…" hob Carl wieder an.

„Sie scheinen verwirrt zu sein, Herr Pieznik" behauptete Dr. Nash forsch, notierte wieder etwas in seinen Notizblock und nickte sich selbst bestätigend zu.

Um Gotteswillen, dachte Carl, das kann ja noch heiter werden. Wenn er sich weiter zu fusselig ausdrückt und so verworren redet, dann wird man ihn noch in die geschlossene Anstalt einweisen lassen.

„Dr. Bernstein hat beschrieben, Sie hätten ein Problem mit Humor."

-Ich? Ein Problem mit Humor? Wie kommt er darauf? Mein Humor ist gut, ist exzellent. Sehr gesund sogar. Soll ich Ihnen einen Witz erzählen oder wie?

„Na ja, er hat…" sagte Dr. Nash.

„Hören Sie zu. Wie wärs damit: Mami, Mami, ich will nicht zum Psychiater! -Ist mir egal, ich will jetzt wissen, warum du immer heulst, wenn ich dich schlage!"

Stille.

„Ach kommen Sie, der ist doch toll! sagte Carl etwas gereizt.

Nach einer kurzen Unterbrechung des Gesprächs meinte Dr. Nash endlich:

„Das ist nicht wirklich das, was ich damit ausdrücken wollte. Das Humorzentrale hat

man im Stirnhirn lokalisiert, wobei hier bei manchen Menschen ein, sagen wir, chemisches Ungleichgewicht eruiert werden konnte."
-Aha. Ja, na gut."

11

Als Carl die Praxis verließ, war ihm etwas sonderbar zumute. Er wusste zwar nun, dass gehirnphysiologisch die rechte Gehirnhälfte für Humor zuständig zu sein schien und dass sein Witz nicht wirklich gut angekommen war, obwohl er selbst ihn ausgenommen passend fand.
Es war ihm klargeworden, dass er nicht so emotional inkontinent war, wie so viele Menschen, aber was solls?
Achselzuckend begab er sich auf den Heimweg.
Als Carl etwas selbstverloren und von der Therapiestunde emotional zerrüttet, durch die Straßen Manhattans streifte und sich

mehr als einmal die Frage stellte, welchen Sinn diese erweiterte Heilbehandlung nun erfüllen sollte, gelangte er irgendwann vor das Schaufenster vor dem er am sonnendurchfluteten Morgen erst gestanden hatte. Ob es nun das Schicksal gewesen ist, das ihm zugeflüstert und ihn gesteuert hatte, sein Unterbewusstsein, das seinem Gehirn dies zielgenau signalisierte oder simpler, der Zufall der zuschlug, man kann es sich schönreden oder zurechtlegen wie man möchte, einer ausgesprochenen Prüfung der Gründe kann es nicht standhalten. Aber passiert war Folgendes: grübelnd über Dr. Hank Nash, den er mehr oder weniger, zumindest zu diesem Zeitpunkt, als Kurpfuscher betitelte, schob er sich näher an das Schaufenster, wo er bereits morgens stand, um den zufälligen Berührungen der vorbeihuschenden, von Eile getriebenen Menschen zu entgehen. Er hatte das klickende Geräusch der Reißzwecke in seiner Ferse gefühlt oder gehört, denn es hatte ihn seit den Morgenstunden an der Columbia als unförmiges Gefühl begleitet, schwoll jedoch zu einer penetranten

Wahrnehmung an, so dass sie letztendlich deutlich als Tatsache in sein Bewusstsein vordrang und dort jenes nervige Kitzeln hervorrief, das ihn zur Raserei bringen konnte. So hielt er sich nun an den Ecksteinen fest, welche die Schaufensterseite mit der schmalen, dunklen Seitengasse verband und fast hätte er den Fuß gehoben um die Sohle seines Schuhs zu untersuchen, als er aus dem Blickwinkel schemenhaft die samtweiße Farbe bemerkte, die ihm aus der Gasse entgegen blitzte.

Carl richtete sich auf, stutzte kurz, besann sich dann darauf, seinem Blick zu vertrauen und sah, wie eine der am Morgen bewunderten und ihn anziehenden Schaufensterpuppen mit quer und grotesk verrenkten Gliedmaßen ohne Achtung hingeworfen aus einer großen grauen Mülltonne herausragte.

Er näherte sich der Kunststoffpuppe und streckte seine Finger nach ihr aus.

Über der Brust schien etwas Lack abgeblättert zu sein, doch auf den ersten Blick waren neben den Verrenkungen keine weiteren Schäden festzustellen.

Carl hörte sein Herz pochen.

Die Gründe die ihn dazu verleiteten in diese Gasse zu gehen, waren ihm mehr als unklar, dennoch hatte er bereits morgens diesen inneren Sog verspürt sich dieser Puppe anzunehmen, die ihm ein solches Gefühl des Trostes gab. Ihre Augen starrten unverrückt in die Leere. Ihre Vinylwimpern waren unversehrt.

Behutsam hob er die Kunststoffpuppe aus dem Metallgehäuse, blickte unsicher nach draußen auf die Hauptstraße, machte sich dann mit den zwölf Kilo unter dem Arm auf dem Weg nach Hause.

12

Niemand hatte besonders auf ihn geachtet, keine merkwürdigen Blicke wurden ihm zugeworfen. Man hätte schließlich auch annehmen können, Carl wäre Innenausstatter einer Boutique gewesen. Daher war der Weg nichts weiter als ein Nachhausekommen mit einem etwas größer geratenen Einkauf oder Geschenk. Eigenartig wäre wahrscheinlich nur, wenn jemand ihn im Treppenhaus sehen würde. Als er endlich die Stufen zum Eingangsbereich hochstieg, dunkelte es bereits etwas, denn die Gebäude schluckten jedes Restlicht der Sonne, die gerade unterging.

Als er im ersten Stockwerk hinter der nächsten Treppe verschwand, sah Frau Björnsdotter, neugierig wie sie war, durch den Türspalt nur noch die Schatten von Carl und einer weiteren, der Figur nach zu urteilen, weiblichen Person mit längerem Haar an der Mauer. Sie vergönnte dem jungen Mann den abendlichen Frauenbesuch, denn sie fand, dass er irgendwie schon traurig und verlassen ausgesehen hatte am Morgen…

13

Dr. Bernstein hätte Carls objektbezogene Gefühle wohl mit nicht wenig Besorgnis zur Kenntnis genommen. Wie Dr. Hank Nash geurteilt hätte, würde sich erst später herausstellen, aber das nur am Rande.

Etwas müde vom anstrengenden Tag, legte er die Schaufensterpuppe aufs Bett, und obgleich er sehr müde war, packte er einige Kisten aus, verband die Küchengeräte mit den Steckdosen, bemühte sich um die Ausrichtung der Cerealiendosen nach alphabetischem Grundmuster, änderte sie dann aber nach Farbe und Konsistenz der Cerealien und holte die Bettbezüge aus dem großen Pappkarton, nachdem er mehrere Kartons vergeblich danach durchsuchte hatte und lediglich die Literaturbücher gefunden hatte, die er alsbald ebenso ordentlich wie Exponate hinstellte.

Als er sich aufs Bett setzte, um sich die Räume in dieser Stille und in der abendlichen Atmosphäre genauer anzusehen, fühlte er, als er mit den Beinen übereinandergeschlagen mit dem Fuß auf den Boden tippte, wieder die Reißzwecke.

Doch als dann der Kaffeekocher Carls Nase eine intensive Brise frisch gemahlenen Kaffees unterbreitete, war der Gang in die Küche primär, und als das Mobiltelefon dann auch noch klingelte, Emilia nach seinem Befinden fragte und er die gesamte Therapiesitzung akkurat zu umgehen versuchte, war die Reißzwecke wiederum vergessen.

14

Eine Affektkaskade wirkt intrapsychisch, als auch nach außen in die äußeren Umstände, interpersonell genannt, hinein. Diese, so hatte Carl gelesen, seien an Grundemotionen gekoppelt. Was er dabei außer Acht gelassen hatte (wohl weil nicht gelesen) war, dass die objektbezogenen Gefühlsbindungen auf dem Wunsch einer wechselseitigen Gefühlsäußerung basierten.

Die Frage nach einer solchen Motivation wäre eine Frage gewesen, die, zu erörtern, Teil eines langen Gespräches in einer der unzähligen Sitzungen hätte sein sollen. Um die Sache aber auf den Punkt zu bringen: Diese Kennzeichen grober psychischer Problematik wurden zusehends sichtbarer. Die Frage sei aber erlaubt, ob eine mehrjährige Therapie, in diesem Falle bei Dr. Bernstein, eine Besserung und keine Verschlimmerung erzielen sollte.

Wie auch immer. Am folgenden Morgen wachte Carl freudig und ausgeruht neben seiner Puppe auf, die er in der Nacht zuvor behutsam unter die Decke gelegt hatte. Sie gab ihm das Gefühl der Geborgenheit, ein Schutz gegen die Außenwelt.

Getauft hatte er sie Mia.

Man mag über das Ausmaß dieser Seltsamkeit schmunzeln, oder gar gänzlich ablehnen, ob ihrer abstrusen geistigen Disposition. Mit milder Verachtung mag mancher dieser leidigen Tat begegnen, doch fühlt man nicht ein wenig Mitleid mit ihm? Verurteilt man ihn gar?

Jeder solle darüber selbst entscheiden.

Carl Pieznik schien an diesem Morgen allerdings aufs Beste gelaunt, seine Kopfschmerzen, die er am Tage zuvor wie eine ständige Mahnung mit sich getragen hatte, waren endlich verschwunden. Erfrischt fühlte er sich, wenn auch nicht wie neu geboren, aber das entsprach letztendlich auch nicht seiner Erwartung, die er mit der Zunahme des Lebensalters immer weiter heruntergeschraubt hatte. Es war ihm klargeworden, solange er geistig lebendig war, war alles halbwegs in Ordnung. Das aber war sein Problem: Körperlich war er nicht der Tüchtigste, was allenfalls problemlos gewesen wäre, wenn er nicht auch psychisch einen, sagen wir es schonend, Knacks gehabt hätte.

Carl drückte seiner Mia einen Kuss auf die weiße Wange, zog das dünne Deckchen über ihre glänzende Schulter und widmete sich seiner Kaffeekanne, die er binnen weniger Minuten ausgetrunken hatte. Zufrieden packte er einige Kartons aus, richtete, räumte ein, baute auf, ordnete. Ein gehöriger Schrecken durchfuhr seinen ganzen Körper, als es klingelte, und er von unten durchs Treppenhaus Emilias laute Stimme vernahm. Die Schamesröte stieg ihm ins Gesicht.

„Verdammt" fluchte Carl und jagte stolpernd ins Schlaf- und Arbeitszimmer, wo er Kartons, Winterdecken und Bücher auf dem Bett entleerte, um Mias Form unter der Bettdecke zu kaschieren. Hektisch schloss er die Tür, die Schlaf-Arbeitszimmer und Küche-Aufenthaltsraum verband und öffnete hastig die violett gestrichene Tür des Apartments.

„Du bist ja außer Atem, Carl. Was ist denn los? Du wirkst so verwirrt und aufgeregt. Du hast ja sogar Hektikflecken am Hals" sagte Emilia etwas konsterniert, um dann besorgt hinzuzufügen: „Ist alles ok?"

Carl kratzte sich verlegen am Nacken.

„-Ähem, ja. Ja, alles ok!"

„Bist du sicher?" hakte Emilia nach und setzte ihr besorgtes Gesicht auf.

Ein langes, unglaubwürdig wirkendes „Jaaaaaaaaaa" kam aus Carls Mund, dann drehte er sich um und meinte dann aufgeregt und gespielt heiter:

„Kaffee Schwesterherz?"

Emilia war irritiert. Er hatte das Wort so noch nie benutzt. Also stutzig werden musste man da schon. Sie wusste einfach, dass irgendetwas nicht in Ordnung sei.

Carls Gehirn lief derweil auf Hochtouren. Er musste einerseits cool genug bleiben, damit seine Nervosität nicht weiter Emilias Skepsis auf sich ziehen würde, zudem musste er ihr irgendwie Themen unterbreiten, die ihren Geist ablenken würden, wobei er sie andererseits mit ganzer Macht davon würde abhalten müssen, nicht in das Zimmer nebenan eintreten zu wollen. Ein schwieriges bis gar unmögliches Unterfangen, denn er kannte seine Schwester nun doch so gut, dass er wusste: sie würde auf jeden Fall in das Zimmer gehen, komme was wolle. Den Angstschweiß, der sich bei ihm spontan gebildet hatte, während er frischen Kaffee durch die Mühle warf, wischte er schnell und möglichst unauffällig weg, redete über die Universität und fragte Emilia über den vorigen Tag aus.

Emilia antwortete wahrheitsgetreu, blickte weiterhin skeptisch im Zimmer umher, nunmehr wild entschlossen der Sache auf den Zahn zu fühlen und dachte: „Wirres Zeug spricht er heute."

„Dein Kaffee" sagte Carl bemüht entspannt.

„Ein ganz cooler Kaffee" warf er hinterher, als er sich selbst auch noch einen eingoss.

„Hast du Sojamilch?" fragte Emilia betont unbeeindruckt.

„Jaaaa, hab ich sogar. Sojamilch für einen besonders chilligeeeen Kaffeeeeeee" sang er.

„Carl singt!" blitzte es in Emilias Kopf auf. Das konnte nur bedeuten, es war weit schlimmer als sie anfangs dachte. Denn wenn er seinen Singsangton draufhatte, war immer was im Busch. Immer!

„Hast du Carol noch gesehen gestern?" schnitt Carl bemüht locker ein neues Thema an.

„Nein, aber ich werde sie heute sehen. Soll ich ihr was ausrichten?"

Carl starrte die Tür zum Arbeits- und Schlafzimmer an.

„Öh, nein, nein, wollte nur fragen" antwortete er lässig.

„Sie wird nachher noch sicherlich vorbeischauen."

-„Wo? Vorbeischauen? Vorbeischauen wo?" Er fühlte wieder, wie sein Herz raste.

„Na hier, Brüderchen. Ich hab Carol gesagt, ich würde dich besuchen kommen, aufn Kaffee, so sehn, wies mit dem Auspacken vorangeht. Und sie meinte, sie würde mich dann hier abholen."

„Abholen, ja, ja, ok, gut, wann? Wann kommt sie hast du gesagt?"

-„ Na, nachher." Emilia genoss die Situation. Sie wusste, er war nervös.

„Wann nachher?" warf Carl ein.

„Ist doch egal. Irgendwann" Wir sind doch hier. Keine Sorge, du wirst sie schon noch sehen." Emilia lehnte sich mit ihrer Kaffeetasse genüsslich und entspannt zurück in die Lehne.

Carl schwitzte.

Sie wusste um seine Schwäche für Carol. Das war ihr bereits früh aufgefallen, wenn Carl sie begleitete. Er fragte auch immer nach ihr, versuchte dabei zu sein, wie zufällig, wenn sie Carol sah. Nicht immer, aber oft. Nicht so, dass es auffällig war, er ließ es nur wie zufällig aussehen. Sie fand es süß von ihrem Bruder, wusste sie doch, dass Carol nicht auf den Typ Mann stehen würde. Aber sie wollte ihm die Flirtversuche auch nicht austreiben und schon gar nicht seine Hoffnungen zunichtemachen indem sie ihm die Tatsachen unterbreitete. Sie dachte, er würde es ohnehin irgendwann merken, aber irgendwie hatte er diesen Zeitpunkt bereits längst überschritten. Jeder normale Mensch hätte es wohl erkannt, nicht aber Carl. Das war ihr eigentlich ein Rätsel, dem sie nur achselzuckend begegnen konnte. Carol war nicht ablehnend, sie genoss die Nettigkeiten und die Aufmerksamkeit Carls; vielleicht war es das, was ihn daran hinderte, endgültig aufzugeben.

Was Carl wohl verbrochen hatte? Nun wohnte er erst ein paar Tage hier und schon schien er in eine Situation geraten zu sein, die Anlass zur Sorge war.

Carl dachte indessen fieberhaft darüber nach, mit welchen Vorwänden er Emilia vom anderen Zimmer fernhalten konnte, stieß dabei aber immer nur auf leicht zu durchschauende, fadenscheinige Argumente. Das Schauspiel wuchs sich in Carls Augen aber erst richtig zu einem brenzligen Ausmaß an, als es an der Tür klingelte und gut gelaunt, ja fast berstend vor guter Laune Carol die Treppen hochhüpfte. Sie trug einen dünnen, modischen zitronenfarbigen Schal, und wieder ihr unwiderstehliches Sommerparfum, das nach Flieder duftete. Leider konnte Carl dem nicht so sehr Rechnung tragen, wie er es sich gewünscht hatte, denn nun musste er zwei Frauen davon abhalten, das Zimmer zu betreten. Carl malte sich bereits aus, wie die Situation ausartete und er hätte auf der Stelle zu weinen beginnen können.

„Da bist du ja!" freute sich Emilia mit einem Glucksen in ihrer Stimme und umarmte Carol.

„Hey, hast du gehört von dem Typen, der wieder nackt über den Campus gelaufen ist?" lachte Carol und zog ihren pistaziengrünen Trenchcoat aus.

„Jaaa, unglaublich, oder? Dass man den immer noch nicht gefasst hat" wunderte sich Emilia und kicherte.

Carol begrüßte Carl mit einer herzlichen Umarmung, die dieser aber nicht so genießen konnte wie gewohnt, musste er doch die Tür im Blick behalten.

„Aber wenigstens hat Trent ein Foto machen können!" feixte diese und fügte hinzu: „Aber man sieht nichts, zu schwammig. Schaaaade!"

-„Ich freue mich so, dass du da bist. Sollen wir nachher zusammen Mittag essen? Ich hab da einen Italiener probiert, der macht dermaßen leckeres Tiramisú" sagte Emilia und verdrehte die Augen genüsslich.

„Soll ich meinen Mantel ins andere Zimmer legen?" warf Carol beiläufig ein.

„NEIN! Neeein, ich nehm ihn schon." rief Carl, der dabei war, dem neuen Gast einen Kaffee auszuschütten und hastete nach vorne, griff sich das Kleidungsstück und zwängte es auf den einzigen Garderobenhalter, der neben der Tür hing und von Jacken und Hängetaschen überladen sich fast aus der Fassung bog.

Durch das Schließen der Apartmenttür hatte sich das Türschloss zum Arbeits- und

Schlafzimmer mit einem leichten Klicken aus der Türfalle gelöst, wobei diese sich nun ganz langsam aber doch stetig immer mehr öffnete. Allerdings hatte Carl dieses Geschehnis nicht mitbekommen; er hing wie gebannt an Carols Lippen.

„Die Tür ist aufgegangen" flötete Emilia, die schon im Begriff war zur Besagten zu gehen. Carl wollte an seiner Schwester vorbeischnellen, verkalkulierte sich jedoch, was Distanzen in der neuen Wohnung anging und rannte bloß einen Stuhl um. Emilia hatte schon die Türklinke in der Hand, als plötzlich die Klingel schrill ertönte.

Carl, der sich vor Schmerzen krampfhaft den Oberschenkel hielt, schrie bloß: „Emilia kannst du mal sehen, wer das nun wieder ist?" Carol hob den Stuhl auf während Carls Schwester die Apartmenttür öffnete.

Mit ihren blassblauen Augen guckte Frau Björnsdotter verträumt Emilia entgegen.

„Oh, das ist ja schön!" meinte diese hoch erfreut. „Sie müssen die Schwester sein. Sie sehen sich soooo ähnlich!"

Emilia strich sich eine Strähne aus dem Gesicht, erwiderte den Gruß und schüttelte ihr dünnes, fahles Händchen mit den akkurat gepflegten Fingernägeln.

„Ich wollte fragen ob ihr Kuchen mögt. Ich hab viel zu viel gebacken. Und er ist lecker!" sprach Frau Björnsdotter und versuchte an Emilia vorbei in die Wohnung zu spähen, wo Carol im Hintergrund stand und ihren Kaffee trank, den Carl ihr unter Schmerzen gereicht hatte.

Carl hatte die Schlafzimmertür wieder geschlossen.

Carl und Carol drängten sich neben Emilia so, dass nun alle drei im Türrahmen standen, der fast zu klein geraten schien. Frau Björnsdotter hatte indessen über ihre Puddingbrezeln und Erdbeerschnitten geredet, die sie hergestellt hatte und den dreien nun passend zum Kaffee erschienen.

„Wollen Sie nicht mit nach unten kommen? Dann geb ich Ihnen einige dieser leckeren Teilchen." Die Dame zog Carl und Emilia aus dem Türrahmen wo die drei zusammengepfercht standen, und ohne auch nur einen Einwand gelten zu lassen, hatte Frau Björnsdotter die beiden bereits im Schlepptau. Carl zögerte zwar noch am

Treppengeländer, murmelte panisch etwas von „Tür" und „Aufmachen", doch die alte Schwedentochter hatte Carls Pullover fest im Griff.

15

Vollbeladen mit Kuchen und Teilchen krochen die Geschwister die Treppen wieder hoch. Carol öffnete den beiden:

„Das hat aber lange gedauert, Leute!" beschwerte sie sich mit ihrem Sonnenscheinlachen.

„Was war denn los?"

„Frau Björnsdotter hat uns ihre Porzellanfigürchen gezeigt" keuchte Carl, dem die Strapazen des ständigen Treppenlaufens inzwischen zugesetzt hatten.

Als sich endlich alle hingesetzt, Emilia neuen Kaffee aufgesetzt hatte und Carl die unglaublich betörend duftenden Teilchen auf einem großen Glasteller arrangiert hatte, meinte Carol lässig:

„Ach übrigens, ich hab nach dem Zucker gesucht, musste aber ziemlich lange in verschiedenen Kartons wühlen, bevor ich ihn endlich fand. Warum hattest du den denn noch nicht ausgepackt?"

Carl fühlte, wie ihm das Blut dermaßen schnell ins Gesicht schoss, dass ihm ganz schummrig wurde „Wo?" kam es lautlos aus seinem Mund.

„Drüben" meinte sie dann und zeigte mit dem Finger auf die Tür zum Arbeits- und Schlafzimmer.

16

Abends 22:40.

Carl hatte den ganzen Tag damit zugebracht auszupacken, auf universitäre Angelegenheiten konnte er sich nicht konzentrieren, bräuchte er dazu die nötige Ruhe und Gelassenheit, die er spätestens seit diesem Morgen nicht mehr im Geringsten besaß. Ständig schossen ihm dieselben Gedanken durch den Kopf: Hatte Carol Mia gesehen? Womöglich hatte sie aus dem bloßen Grund des Anstands heraus, nichts gesagt. Er wagte kaum, sich die Szene auszumalen. Sie, fröhlich, frisch duftend, sieht die Schaufensterpuppe, kalt und fremd in seinem Bett liegen. Zugedeckt!!! Auch noch zugedeckt!!! Wie sollte man da eine ordentliche Ausrede finden? Für eine solche Szene kann man sich nicht einmal mehr eine Ausrede ausdenken. Wenn er sie wenigstens nur im Zimmer stehen gehabt hätte, einfach nur so! Vielleicht hatte Carol auch nichts gesehen…

Er stand vor seinem kleinen Rasierspiegelchen, zupfte sein Hemd zurecht und freute sich dann doch ein wenig raus aus der Bude zu kommen.

Durch die dunklen Straßen zu gehen, nachts in Manhattan fühlte sich sehr gut an, so weltmännisch, dachte Carl. Als er das Pub betrat, saßen Emilia und Carol bereits an einem Tisch. Mit Küsschen begrüßte er die beiden und versuchte in ihren Gesichtern zu lesen, ob eine oder sogar beide vielleicht etwas über Mia wussten.

Aber er konnte sich ja auch irren und er würde, gerade wegen des angestrengten Versuchs einem Gesicht etwas zu entlocken, etwas rein projizieren, was nicht war und…

Ich muss es einfach vergessen, dachte Carl, einfach die Nacht genießen, schließlich sollte heute eine Liveband spielen.

Die laute Musik machte ein Gespräch fast unmöglich. Carl beugte sich zu seiner Schwester hin und rief über die Schulter:

„Wer spielt denn nachher?"

Emilia drehte den Kopf zur Seite:

„Im Moment nur der DJ und nachher keine Band."

-„Keine Band? Ich dachte…"

„Sie meint, Devendra Banhart spielt, keine Band an sich" ergänzte Carol, die sich nun eingeschaltet hatte. „Spielt eigentlich hauptsächlich in Williamsburg, Brooklyn im NorthSix."

Sie lächelte herzerweichend.

Carl schmolz dahin. Sie roch wieder lecker nach dem Fliederparfum.

Sie schien sich gut auszukennen, kannte die Szene Manhattans und der Viertel um

Manhattan herum. Sie war hier aufgewachsen, als Diplomatenkind wohnte sie jedoch früher sehr oft anderen Orten, das hatte sie geprägt.

Da sie oft kellnern musste, um ihr Studium zu finanzieren, wurde sie notgedrungen mit der vorherrschenden Musikszene konfrontiert, was ihr keinesfalls unlieb gewesen war.

„Kennst Du ´The Voice´?" fragte Carol.

Carl schüttelte den Kopf

"Was soll das denn sein? Eine Zeitschrift?"

Carol lachte ihr kehliges Lachen und warf den Kopf zurück.

„Nein. Antony and the Johnsons. Man nennt ihn so. Singt ein unglaubliches Falsett. Ich lieeeebe ihn. Bekannt in der Queer-Szene New Yorks."

„A-ha" war das Einzige, was er darüber sagen konnte; er fühlte sich, was aktuelle Musik anging als Versager.

Er bewunderte im Stillen ihr Haar, die Art wie sie es an diesem Abend trug.

So ganz anders als sonst, immer neu, immer aufregend, dachte Carl.

Irgendwann redeten Emilia und Carol angeregt miteinander.

Devendra Banhart hatte den ersten Song gespielt und Carl merkte alsbald, dass er immer noch dieses Klicken unten an der Sohle verspürte. Er schaute nach.

Na sowas, dachte er, eine Reißzwecke. Er puhlte diese aus seiner Sohle, legte sie auf den Rand des Holztisches, gleich neben den Untersetzer mit der sonderbaren Aufschrift Be your own destiny´.

Es war sehr voll geworden in diesem pubähnlichen Lokal, jetzt wo diese Berühmtheit hier spielte. Es wurde noch lauter, die Leute drängten sich förmlich aneinander vorbei. Glück für alle jene, die einen Tisch ergattert hatten.

Emilia versuchte Carl etwas zu sagen, er aber konnte durch das Stimmengewirr nicht wirklich vernehmen, was sie wollte. Er rückte etwas näher an den Tisch, beugte sich zu seiner Schwester hin.

Was er nicht sehen konnte, war, dass er mit der Unterseite seines Ärmels die rote Reißzwecke somit vom Tisch wischte. Sie fiel jedoch nicht zu Boden, sondern sie fand ih-

ren Weg geradewegs in die offene Tragetasche, die Carl überall mitschleppte.

17

Am folgenden Morgen hatte Carl einige
Schwierigkeiten aus dem Bett zu gelangen,
was offensichtlich nicht nur daran lag, dass
er zu viele Kartons ausgepackt, sondern
wieder einmal zu lange in Pubs und Clubs
rumgehangen hatte, wobei ihm der Schock
am vorigen Tag noch in den Knochen
steckte. Er hustete.
Das Radio, das er eigentlich nur beiläufig
angemacht hatte, dudelte einige Jazzstücke,
die er sogar erkannte, was ihm dann doch
wieder ein stolzes Gefühl des Musikwissens
gewährte. Während Thelonious Monk seinem Piano ´Smoke gets in your eyes´ entlockte, bereitet Carl in seinem weißen rot
gepunkteten Pyjama einen starken Kaffee
zu. Jäh wurde das Programm unterbro-
chen, um eine Durchsage über die mexi-

kanische Grippe zu bringen, dann hörte er wieder Monks Piano.

Es muss nicht wirklich erwähnt werden, aber solcherlei Informationen waren für Carl immer eine Quelle größter Verwirrung, ja Panik. Er selbst würde sagen, er wäre vorsichtig, an guten Tagen gäbe er sogar zu er wäre übervorsichtig, aber dass er ein Hypochonder war, nein, das ließe er so auf die Art nicht gelten und würde versuchen seine Neigung zu erklären, zumindest aber zu rechtfertigen.

Solche Informationen über einige wenige Tote, die man wohl eher für Medikamentwerbungen und Geldquelle für Pharmaunternehmen hätte einstufen können, wuchsen in Carls Kopf zu pandemischem Ausmaß an. Er sah bereits vor seinem geistigen Auge, wie die Hälfte der gesamten Menschheit dahingerafft würde. Die Straßen würden leer sein, Aufstände würden in Bürgerkrieg ähnlichen Szenarien verlaufen und….

Er konnte es einfach nicht aus seinen Gedanken auslöschen, vor allem: er hustete ja sogar!

Seine Unruhe weichte einer gewissen Beklemmung, die eine Spannung in seinem Rücken spürbar machte. Beklommen und zitternd wählte er Emilias Nummer.

„Hi, Brüderchen, wie läufts?"

Ein Schauer lief Carl den Rücken runter.

„Ich glaub ich bin krank" sagte er tonlos.

-„Wie kommst du darauf? Was ist denn los?" fragte Emilia, wusste natürlich, dass er sich sicher wieder in seinem wöchentlichen „Ich-werd-in-zwei-Tagen-sterben"-Anfall suhlte.

„Na, ich huste" sagte Carl besorgt.

-„Ja. Und?"

-„Na, ich huste und draußen wütet diese Mexikanergrippe!" Panik machte sich in ihm breit, als er sich vorstellte, welchen Verlauf diese Krankheit nehmen könnte.

„Ach komm, du hast dich einfach etwas erkältet! Und das nennt man nicht Mexikanergrippe, sondern allenfalls Mexikogrippe" beschwichtige Emilia.

-Ja, aber das ist doch kein Zufall! Gerade jetzt, wo in Mexiko…"

„Carl. Hör auf! Du hast gar nix!"

-„Mexiko ist doch direkt nebenan." Carl hatte sich auf einen Stuhl gesetzt, die Stirn mit der anderen Hand abgestützt.

„Was faselst du da? Du bist doch nicht ganz dicht. Lenk dich ab, mach irgendwas, aber mach was!" verdeutlichte ihm Emilia in einem gereizter gewordenen Timbre.

„Werd doch nicht gleich so maliziös. Diese Schweine haben eine Krankheit und…"

„Aber das sind mexikanische Schweine"

-„Aber es kann auf Menschen überspringen. Deshalb sterben die ja auch"

-„Die Grippe ist in Mexiko, Carl!"

-„Eben nicht, die sind auch schon hier!"

-„Wer? Die mexikanischen Schweine?" hörte er ihre verwirrt klingenden Stimme durch den Hörer.

„Nein, die Viren! Ich meine die Viren! Also H1N1" Carls Geduld war am Ende.

„Ach so,…H1N1…." tönte es aus dem Hörer; dann:

„Carl, geh nach draußen, geh shoppen. Ich leg jetzt auf."

Emilia hatte Carl weggedrückt.

Carl nippte an seinem Kaffee, der ihm nicht mehr schmecken wollte, und goss den

Rest in den Ausguss. Dann kleidete er sich an. Irgendwie fühlte er sich nicht ernstgenommen.

Kurz strich er mit der Hand liebevoll über Mias Kopf, drückte ihr einen zärtlichen Kuss auf die Wange und verließ das Apartment.

Als er etwa eine Stunde später bei Dr. Nash auf der Couch lag, dieser ihn wie gewohnt mit funkelnden Augen fixierte, war für Carl bereits deutlich entschieden: Dieser Tag konnte eigentlich nur noch besser werden. Er atmete bewusst schwerfälliger, um herauszufinden, inwiefern seine Bronchienkatarrh gefährliche Ausmaße annehmen würde, denn ein solcher war es sicherlich, da bestand keine Frage.

Wie er sich denn heute fühlen würde, wollte Dr. Nash wissen, und was er seit der letzten Sitzung denn gemacht habe.

Er fühle sich Scheiße, war die Antwort und verschwieg natürlich Mia, was Carl seinem Therapeuten gegenüber ein erhabenes Gefühl der Überlegenheit gab.

Ha, dachte er, dem werde ich es zeigen. Diesmal würde er nicht kraftlos und ausgepumpt, mit dunklen Vorahnungen über seinen weiteren Lebensverlauf dahinvegetieren, nur weil sein Psycho-Doc selbst eine Schraube locker hatte…Keinesfalls.

Die Aufgabe, die er an diesem Tag bewältigen sollte, so Dr. Nash, wäre, sich bewusst zu machen, was er an seinem Leben möge, und was nicht. Er solle also eine Liste anfertigen, genau darüber nachsinnen und wenn gegebenenfalls Hilfe nötig wäre, um tiefer in die Selbstreflexion gelangen zu können, so könnte er auch Familienangehörige oder Freunde fragen, was diese denn darüber dächten.

Im Geiste zeigte Carl dem Doc bereits den Stinkefinger, war es doch so, dass keiner aus seiner Familie je wissen sollte, dass er beim Seelenklempner sei und das auch noch seit geraumer Zeit…na ja,…ohne dass großartige Fortschritte zu verzeichnen waren, aber immerhin.

Dann fragte Dr. Hank Nash:

„Wichtige Impulse gibt auch die Musik. Was hören Sie denn so?"

Carl überlegte, antwortete dann:

„Mussorgskij, Borodin, Rachmaninoff, Balakirew…"

Dr. Nash zog eine Augenbraue hoch, sagte dann:

„Oh, schwerfällige, düstre und melancholische Kompositionen", dachte aber: Kein Wunder dass der Junge hier am Durchdrehen ist. Wenn ich solche Musik hören würde, wär ich auch kopfkrank.

Dr. Nash räusperte sich.

„Gibt es Gründe, die zur Annahme führen können, den Doktortitel zu erlangen, wäre durch Ihre geistige Disposition in Gefahr?"

-„Äh, nein, keinesfalls, ich meine, die Arbeit hat so gut wie gar nichts mit meiner Angstneurose zu tun." Carl war verwirrt.

-„Sie geben also zu, dass Sie eine Angstneurose haben. Das ist schon ein guter Schritt in die richtige Richtung."

Carl überlegte kurz, dachte dann, dass diese Information bereits für Dr. Bernstein klar verständlich gewesen sein muss:

„Natürlich hat beides nichts miteinander zu tun, oder glauben Sie, ich hätte den Kurs belegt: ´Psychiatrie zum Selberbasteln?´ Oder wollen Sie mir sagen, also, meinen Sie…könnte es sein, dass Sie glauben ich hätte ´Ausflippen als Hauptfach´, für Könner im dritten Jahr belegt? Meinen Sie das wirklich ernst? Sie…lassen Sie einfach die Uni da raus!

Diese Ansprache schien Dr. Nash überhaupt nicht zu gefallen. Er kritzelte weiterhin in seinen Notizblock.

„Sie scheinen etwas feindselig zu sein!" konstatierte Dr. Nash.

Carl wischte diese Annahme mit einer Handbewegung aus dem Raum:

„Ach, wo denken Sie denn hin?" Nein, überhaupt nicht. Mir geht's gut, ich bin wohlauf, aber ihre Fragen, Mann..."

„Sie scheinen ihre Problematik auf mich zu projizieren, Herr Pieznik."

-„Tue ich das? Tue ich das?"

Dr. Nash versuchte es noch einmal:

„Herr Pieznik, ich denke Sie projizieren da was. Sehen Sie das genau so?

-„Nein."

-„Okay"

-„…oder doch?"

-„Was denn nun?"

-„Ich weiß es nicht!"

-„Sie wissen nicht, ob Sie projizieren?"

-"Nein."

-"Haben Sie das Gefühl Sie hätten ein psychologisches Problem?"

-"Keine Ahnung, ich weiß nicht genau, also, irgendwie schon."

-„Was heißt 'irgendwie'...?"

„Das heißt, dass ich mir nicht sicher bin."

-„Also gut Herr Pieznik. Wenn ich das Gefühl einer Neurose hab, dann merk ich das."

-„Sie haben eine Neurose?" Carl war erstaunt.

-„Nein, ich spreche von Ihnen, Herr Pieznik!"

-"Vielleicht merk ich das nicht, oder erst später."

-"Also ist es besser sich jetzt behandeln zu lassen."

-„Und wenn ich später doch nicht mehr krank bin...?"

-„ Na ja, dann sind Sie es halt nicht."

-„Das ist doch…Das ist doch Verschwendung."

Carl begrub seinen Kopf in seinen Händen, er war dieser Sache überdrüssig.

-„Aber dann können Sie immer noch kommen" meinte Dr. Nash. „Ich würd allerdings empfehlen es sofort behandeln zu lassen."

-„Aber vielleicht hab ich nichts."

-Herr Pieznik, Sie sind seit drei Jahren in Behandlung, Sie müssen was haben!"

-„Weil Sie das sagen, oder wie?"

-„Weil es so ist!"

-„Aha,…´weil es so ist´" wiederholte Carl. „Warum hab ich nicht sofort daran gedacht." Er zweifelte an Dr. Nashs Können dermaßen, dass er eigentlich am liebsten hätte weglaufen wollen.

Als Carl eine Stunde später auf dem Bürgersteig stand, war alles wie zuvor: Er war durcheinander, Millimeter davon entfernt, hemmungslos mit Weinen anzufangen und war einfach nur wütend.

Abends streifte er durch die Straßen Manhattans, wobei er frustriert das Spazieren als Aggressionsabbau und Problembewältigung zu pflegen dachte, die dringend erwartete Ruhe in seinem Inneren allerdings nicht wirklich aufkommen wollte. Wenigstens konnte er so die Straßen endlich mal kennenlernen, nach denen er sich zu sehen gesehnt hatte. Erfüllend war allenfalls das Wiedersehen mit Carol gewesen, jetzt wo auch er hier lebte. Ob er es nun zugeben wollte, oder nicht, auch Emilia öfter zu sehen, genoss er, auch wenn sie sich kabbelten. Diese Art des Umgangs sah Carl als gesund an, fürchten würde er wohl nur die Möglichkeit, dass Emilia von Mia erfahren würde. Wie er schon redete! Als sei Mia eine zu verheimlichende Geliebte, die er zu verstecken versuchte. Er wischt diesen Gedanken beiseite, obgleich ihn das an die beängstigende und schmerzliche Eventualität erinnerte, dass Carol in seinem Zimmer gewesen war. Ihm wurde kurz übel und er lehnte sich kurz an eine Ampel. So gesehen konnte sein Leben vielleicht nur besser werden, aber tröstlich war diese Idee nicht wirklich.

Bis zu diesem 33. Lebensjahr war bereits einiges passiert, aber auch vieles nicht. Er hatte erst spät eine Beziehung gehabt, na ja, um sich nicht selbst für dumm zu verkaufen: eigentlich nie. Nicht eigentlich, sondern nie. Also: Nie eine Beziehung gehabt. So. Weiter im Text: Er hatte noch nie Artischocken gegessen, er hatte noch nie ein Rockkonzert besucht und er hatte noch nie ein einziges Hemd gewaschen.

Dr. Bernstein war derweil der Meinung das liege mit Sicherheit an seiner miserablen Kindheit.

Diese psychoanalytische Schreckgestalt geisterte also immer noch in seinem Hirn rum.

Carl kaufte sich im nächsten Store eine Artischocke und nahm sich fest vor, am folgenden Tag ein Hemd zu waschen. Irgendeins. Egal welches. Hauptsache er würde es tun. Es ging schließlich ums Prinzip. An der Beziehung konnte er jetzt ad hoc nichts verändern. Leider. Mia gegen Carol einzutauschen wäre schon der Hit, allerdings gefiel ihm, jetzt wo er diesen Gedanken dachte, die Auswahl seines Wortes ´eintauschen´ ganz und gar nicht mehr. Und er würde es Dr. Nash zeigen, er würde ihn so dermaßen zur Schnecke machen, seine Psycho-sessions boykottieren, dass er selbst aufgeben würde. Jetzt war Kampf angesagt. Kampf dem psychoanalytischen Dünnpfiff und Ideendurchfall, Projektionsflächen mit Gedanken entflammen und ad absurdum führen! Dieses Monstrositätenkabinett aus Problemknibbeleien!

Die wirkliche, letztendliche und wahrhaftige Antwort auf die alles entscheidende Seinsfrage war also nicht „42", sondern ein achselzuckendes „Na und?"
So.
Die Gedankentiraden seiner gerade eben entdeckten revolutionären Ader hatten Carl durstig gemacht und so suchte er nach dem hipsten Underground-Variété Manhattans, dem „White Kitten".
Eine Viertelstunde später hatte er das Variété gefunden.
Der abgedunkelte große Raum empfing Carl und hüllte ihn gänzlich ein. Wie eine Zeitreise in die 30er Jahre des 20. Jahrhunderts kam es ihm vor und ließ den Alltag mehr und mehr verblassen. Auf dem

Klavier wurde ´Flamenco Sketches´ von Miles Davis gespielt, wohl temperiert und leidenschaftlich. Einige Minuten blieb er so stehen, regte keinen Muskel, war eingenommen von der Wirkung dieses Ortes. An den hohen Seitenfenstern hingen schwere tiefrote Vorhänge. Einige Tische waren besetzt, die Leute lauschten gebannt.

Carl setzte sich an die Bar, der weißbeschürzte Barkeeper spülte einige Gläser, betrachtete sie anschließend im gedimmten Licht und nickte Carl freundlich zu. Behende nahm der Barkeeper eine Bestellung entgegen, mixte gekonnt einen Daiquiri, stellte ihn auf die Theke. Rasch holte die Bedienung ihn ab, entschwand in das dunkle Zuhörermeer.

Carl war fasziniert. Alles ging dem Barkeeper schnell von der Hand, blieb dabei aber immer ruhig und gelassen. Das beeindruckte Carl sehr.

Einige Martinis später war Carl dermaßen berauscht und die meisten Leute gegangen, dass er nun mit dem Barkeeper ins Gespräch gekommen war.

Luzid wankte das wahrgenommene Bild, er sprach über seine Schwester, über Carol, ja, sogar sich zu überwinden und über Mia zu reden fiel ihm nun leicht.

Melville, der Barkeeper entpuppte sich als großartiger Gesprächspartner und Lebensberater. Womöglich, so dachte Carl, wäre ihm dieser Mensch lieber als sein Analytiker, dem er eigentlich nur das Geld in den Rachen werfe, es ihm dabei aber nicht wirklich besserginge.

Melville fixierte Carl, aber so ganz anders als Dr. Nash, sprach dann:

„Junge, du musst einfach loslassen, du musst versuchen du selbst zu sein. Sei du selbst! Und es wird dir bessergehen. Steh zu deinem Tun! Sei du selbst!"

Carl hörte ihn wie von Weitem, der Rausch hatte gänzlich von ihm Besitz ergriffen, die Augen gebannt auf Melvilles Lippen hängend, benebelt und dennoch klar im Gefühl.

Verdammt Carl, sagte er zu sich selbst, du bist ja angeschickert, sollte ich hier noch kniefällig werden, muss ich mich wirklich zusammenreißen.

Melville meinte dann:

„Carl geh nach Hause, es wird alles gut sein, wenn du morgen erwachst."

Carl kniff sein linkes Auge zu, in der Meinung, er könne dann besser sehen, aber sein Blick wurde nicht besser:

„Aah, Melville, du bist ein Kumpel" säuselte Carl und hielt sich an der Theke fest, während Melville versuchte, Carl hochzuhieven und ihn auf die Beine zu stellen.

„Du bist ein echt toller Kumpeltyp" wiederholte Carl und kicherte.

Melville schien routiniert mit solcherlei Gästen, aber Carl tat ihm besonders leid, fühlte er sich irgendwie, wie ein Bruder, verpflichtet, ihm zu helfen.

„So, hier, zieh deinen Mantel an" lockte ihn Melville in sein Kleidungsstück.

„Boah, ich bin beschwipst" gluckste Carl wieder.

„Mein Freund, du bist mehr als beschwipst, du bist gelinde gesagt, besoffen wie ne Haubitze!" Melville schmunzelte. „Ich hab dir schon ein Taxi bestellt."

Das Fokussieren fiel Carl schwer, dann brach es aus ihm heraus:

„Oh, ist das aber nett. Das ist nett, weißt du das? Weißt du…Weißt du, dass das nett ist?"

„Ja, komm schon, steh auf. Halt dich hier fest" sagte Melville und hievte Carls Arm um seine Schulter.

„Weißt du wie nett?" hörte man Carl noch auf den Stufen, dann war Stille.

Draußen empfing Carl die nächtliche New Yorker Luft und noch bevor er Melville danken konnte, war er bereits eingenickt. Der Barkeeper und der Taxifahrer platzierten den schlafenden und schnarchenden Carl auf den Rücksitz.

18

Am folgenden Morgen.

Die Sonne weckte Carl aus dem schlaflosen Traum. Kopfschmerzen hämmerten in seinem Inneren. Tauben gurrten vor seinem Mansardenfenster. Carl ließ sich zurück in sein Kissen fallen, atmete schwer.

Die üblichen Fragen beschäftigten und hemmten seinen Geist zugleich:
Wie bin ich nach Hause gekommen?
Mit wem habe ich gesprochen?
Bei wem muss ich mich entschuldigen?
Wem darf ich nicht mehr unter die Augen treten?
Was habe ich getan?
Draußen das Gurren der Tauben.
Carl fasste, indem er sich einen Kaffee, wie jeden Morgen, eingoss, den Entschluss, ein wenig mehr auf sich zu achten. So konnte es nicht weitergehen.
Er blickte nach draußen, sah, wie einige Tauben in die Lüfte stiegen. Er war stolz darauf, zu wissen, dass Tauben die einzige Familie der Ordnung der Taubenvögel, ´Columbiformes´ genannt, waren.
Carl fand es seltsam, dass Tauben auch als ein Zeichen gelten sollten, als Friedenstauben nämlich, wo doch die meisten Menschen sie verjagen, weil sei nun mal in der Tat viel Dreck erzeugen, lässt man sie einfach so Nester bauen, wo sie nicht sollten. Einige nennen sie Ratten der Lüfte, was ihn wiederum daran erinnerte, dass die

Tauben Krankheiten übertragen können. Das versetzte ihn kurzweilig in Panik. Dann beruhigte er sich wieder.

Carl schmunzelte, als er genüsslich seinen Kaffee trank. Seltsam, dass die Taube in der biblischen Sintfluterzählung eine wichtige Rolle einnimmt: die einer frohen Botschaft. Sollte er also froh sein, dass vor seinem Fenster gerade zig Tauben rumflogen? Sollte er es als Friedenszeichen sehen, oder als frohe Botschaft?

Carl starrte derweil auf sein oberstes Müsliregal, auf dem, in Reih und Glied, die Schachteln geordnet aufgestellt standen. Eigentlich, so dachte er, wusste er gar nichts über Feigen!

Also ran an sein Laptop- Das war ja sowas von klar: Willst du was wissen über Feigen, gib in die Suchfunktion ´Feige´ ein. Grandioser simpler Zen-Style eben. Aber mit großem ´F´. Den Sinn des Lebens würde es ihm nicht erklären, was Carl natürlich klar war, aber Alltagswissen ist doch auch schon mal was. Jeweils einen Artikel über Tauben und einen über Feigen jagte er mit einem Knopfdruck durch den Drucker.

Sichtlich zufrieden über seinen morgendlichen Arbeitsdrang, suchte er nun nach Klebeband, um seine Ergebnisse an seine Tür zu kleben, änderte dann aber doch noch seine Meinung als er beim Durchstöbern seiner Tragetasche nun nicht wie erwartet Klebeband fand, sondern…die Reißzwecke.

Flink und forsch pinnte er damit die Seiten an seine schon aufgehängte Pinnwand, die ihm als Übersicht immer wichtig war, denn auf ihr hingen alle wichtigen Dinge der letzten sieben Tage und der kommenden sieben Wochen. So war die Planung immer unter seiner Kontrolle.

Wie sehr sein Leben tatsächlich unter seiner Kontrolle war, oder anders ausgedrückt, wie sehr er einer großartig zurechtgeschneiderten Illusion unterlag, war ihm zu diesem Zeitpunkt noch nicht klar…

19

Am Nachmittag dieses besagten Tages sollte er zudem ein Referat halten über seine Thematik, die er in seiner Doktorarbeit zu bearbeiten gedachte.

An der Columbia University waren die Studenten, wie üblich, gehetzt, getrieben und durchaus fähig einander an die Gurgel zu gehen. Carl war erstaunlich gelassen, sollte sein Referat erst um 15:00 Uhr sein; So schien ihm noch bedeutend genug Zeit zum Kopieren seiner Arbeitsblätter die jeder Teilnehmer als Übersicht erhalten sollte. In der Bibliothekabteilung in der er sich aufhielt, war alles unerwartet ruhig und er genoss die Stille. Nur das Geräusch des Kopierers störte die Ruhe die ihn umgab. Wenn er nun alle Kopien gemacht hätte, dachte Carl, würde er noch genug Zeit haben seine Notizen durchzusehen, um sich auf das Referat zu konzentrieren und alles noch einmal im Kopf würde durchgehen können. Es sollte anders kommen.

Von Weitem hörte er jäh, wie jemand seinen Namen rief, dann nochmal. Es war Simone, die er vor dem Aushang kennengelernt hatte. Ein Strahlen erhellte sein Gesicht, erstarrte jedoch, als diese ihm folgendes zu sagen hatte:

„Carl, wir warten auf dich!"

-„Wie: ihr wartet auf mich?"

Simone zog an seinem Hemd:

„Na, ich bin in deiner Arbeitsgruppe zur Promotion und wir warten alle im Raum auf dich!"

Carl war verwirrt.

„Aber es ist knapp über 14 Uhr vorbei, ich hab doch noch eine Stunde"

Simone drängte ihn weiter:

„Ja, es ist kurz nach 14 Uhr, aber dein Referat soll doch das erste sein, als jetzt: 14 Uhr."

Carl stutzte, hatte er doch glatt vergessen, dass sein Kurs eigentlich immer um 14 Uhr beginnen würde. Warum er sich aus unerklärlichen Gründen die 15 Uhr in den Kopf gesetzt hatte, war ihm mehr als schleierhaft.

„Komm schon, Carl, wir müssen los!" Simone zog an seinem Ärmel.

Als beide über den Flur hasteten, konnten sie nur noch kurz Emilia grüßen, die erstaunt den beiden nachsah, wobei Simone ihr zurief: „Er hat vergessen, dass sein Referat jetzt ist, die anderen warten bereits auf ihn!"

Emilia blickte dem terrorisierten Gesichtsausdruck Carls nach, schüttelte den Kopf und grinste ihr breitestes Lächeln.

So wird er es weit bringen, dachte sie.

20

Als Carl am Abend wieder zuhause war, war er geschafft. Mehr als alles andere wünschte er sich jetzt eine Tasse Kaffee, schön stark, schön schwarz. Unter der Tür hatte ihm jemand am Nachmittag eine Postkarte durchgeschoben, was er wohl Frau Björnsdotter zu verdanken hatte, worüber er sich an diesem Tag besonders

freute. Er erblickte eine wunderschöne An-
sicht einer Inselgruppe im Pazifik und
sehnte sich für einen kurzen Moment an
gerade diesen Ort. Die Signatur war fast
gänzlich unleserlich, aber doch noch zu
enträtseln. Das schwunglose Gekritzel
konnte nur Danny zugeordnet werden, mit
dem er vor langer Zeit zusammen studiert
hatte. Sie kannten sich bereits seit sehr langer Zeit. Er wunderte sich darüber, dass er
bereits die neue Adresse kannte, reimte
sich dann aber zusammen, dass seine Mom
Danny´s Mom kannte und so…
Hach klasse, dachte er.
 Er riss die rote Reißzwecke aus seinen am
Morgen ausgedruckten Infoblättern und
spießte damit die Postkarte an seine
Apartmenttür. Dort würde er sie immer
sehen und sich daran erinnern, dass er eine
Weltreise unternehmen würde, wenn er
denn endlich seinen Doktortitel in der Tasche haben würde.
Er hatte ein seltsames Gefühl in seiner linken Hand gehabt, mehr als ein Taubheits-
gefühl, als er in der U-Bahn nach Hause
gesessen hatte. Die Menschen starrten ihn

gar an, als er unentwegt seine Hand massierte und gegen den Stuhl drückte, so, dass es knackte. Immerhin war es wichtig, sich Gedanken darüber zu machen. Dann schlug er seine taube Hand mehrfach gegen die Eisenstange, die schräg ihm gegenüberstand. Nun blickten die Menschen wirklich skeptisch. Sie sollte ihn doch einfach in Ruhe lassen, dachte Carl. Eine Weile saß er einfach nur stumm da, schaute sich die Schatten an, die vorbeirasenden Schatten im Tunnelsystem und das fahle Neonröhrenlicht, das in regelmäßigen Abständen zu knistern anfing.

Noch hatte er keine weiteren neurologischen Defizite, aber Sorgen machen sollte man sich sicherlich, so Carls Begründung. Die Fiebermessung ergab: Alles normal.
Täte er nicht gut daran, jetzt folgerichtig einen Arzt zu konsultieren, ihm vielleicht sogar mitteilen, er wolle in näherer Zukunft eine Kernspin-Tomographie. Es könnte sich auch um einen Bandscheibenvorfall handeln, denn schließlich hatte er auch unspezifische Rückenschmerzen.

Oder der Anfang einer Multiplen Sklerose? Ein wenig überdenken müsse man die gesamte Menschheitsgeschichte, überlegte Carl, als er in seinem vom Original kaum abweichenden Replikat des Barcelona-Sessels von Mies van der Rohe saß und seine universitären Angelegenheiten ordnete. Da wäre doch einiges einzuwenden. Warum würde man immer noch als Geistesgestörter gelten, wenn man sich einfach nur seine Finger massiert, wenn sie taub sind. Vor allem: Warum sind sie taub? Welch missliche Lage, welch Missstand der evolutiven Geschehnisse lag hier vor, damit der Mensch mit solch idiotischen Problemen geplagt sei? Zumindest war erfreulich, dass einige Menschen sich wirklich um jemanden kümmern wollen, oder wenigstens manche Leute an anderen interessiert sind. Wie am Nachmittag Simone. Was Carl jedoch wieder auf den unbegreiflichen Gedanken stieß, dass er tatsächlich geglaubt hatte, der Kurs würde eine Stunde später beginnen.

Wie konnte ihm so etwas passieren? Dämlich, dämlicher, am dämlichsten.

Soviel zur evolutiven Grundausstattung eines Menschen.

Aber vielleicht wäre dies auch ein weiteres unbeachtete, aber absolut erwähnenswerte Detail, ein Symptom seiner Krankheit an der er leide, dachte Carl und fühlte wie leichte Panik ihm den Rücken hochkroch.

21

Eine weitere Stunde opferte er der Überlegung, wie schnell doch das Leben vorbei sein kann. Der Witz daran sei, nach reiflicher Reflexion und mit Bedacht ausgesprochen, die Tatsache, dass der Mensch sich seinem körperlichen Aufbau bis ins Erwachsenenalter widmen würde, körperlich, psychisch, intellektuell oder wie auch immer, und dann einfach von einem dummen Zufall, sagen wir von einem herabfallenden Ziegelstein darnieder gestreckt würde. Oder noch besser: selbstgesuchte Kamikazedummheit wie Skifahren. Er müsse diese Überlegungen Dr. Nash vortragen, dachte Carl, als er sich seinen abendlichen Kaffee machte. Einen leckeren Jamaica Blue Mountain, auf den er sich bereits seit Stunden gefreut hatte.

Eine weitere Stunde verbrachte er anschließend damit, neben Mia zu liegen und ihr aus einem Buch vorzulesen.

Vor dem Fenster gurrten wieder einige Tauben. Irgendwann war Carl dermaßen genervt davon, dass er sich eine Strategie überlegte, wie er diese Viecher endgültig vom Dach verscheuchen könnte.

Er öffnete das Fenster, die Tauben gurrten ungestört weiter.

Einige Minuten lang wedelte er mit den Armen und schrie aus vollem Halse:

„Ksch ksch ksch, weg da, weg!"

Als er die Tauben vertrieben hatte, ging er eilig zur Apartmenttür, nahm die Postkarte samt Reißzwecke und ging wieder zum Fenster. Er beugte sich weit hinaus, schaute umher und dachte dann über das Wirkungsausmaß nach, welche die Reißzwecke unten in der Regenrinne der Mansarde anrichten könnten. Denn durch die Regenrinne stolzierten schließlich diese Tauben ständig herum. Gestört durch die Reißzwecke, würden sie wohl nicht mehr dort rumgurren wollen und verzögen sich wohl auf ein anderes Gebäude oder eine andere Regenrinne. Wohin, war Carl eigentlich ziemlich egal. Er würde sich zumindest nicht mehr persönlich damit rumschlagen müssen.

Aber eine Reißzwecke wäre wohl ein etwas lächerliches Bollwerk gegen die vielen Tauben, das wusste auch Carl. Er müsse eine ganze Schachtel hinstreuen, dachte er. Überzeugt von seinem diabolischen Plan suchte er in allen Taschen und Schubladen nach Reißzwecken. In der Tat hatte er eine angebrochene Packung bei Hand, hatte er doch diese erst einen Tag zuvor eingeräumt. Das ist der Vorteil einer neu bezogenen Wohnung: Man weiß noch wo alles liegt.

An dieser Stelle müssen wir kurz stoppen: Welch intellektuellem Tiefschlag wir hier Zeuge werden, ist eine Frage an sich, die zu beurteilen, mehr oder weniger Feingefühl, philosophisches Talent oder einfach nur simpler Menschenverstand abverlangt. Vor allem aber hatte Carl Pieznik keinen blassen Schimmer von der unüberwindbaren Schicksalhaftigkeit seiner Idee, bzw. seiner daraus erfolgten Tat. Er war, nun ja, nennen wir es schlicht und ergreifend, seines Glückes, oder in diesem Falle, seines Unglückes eigener Schmied.

22

Carl streute die Reißzwecken mitsamt der besagten roten in die Regenrinne. Ziemlich erfreut über seinen geglückten Widerstand gegen die columbiferen Tiere, schloss er sein Fenster, zog die Vorhänge zu und setzt sich wieder in seinen Barcelona-Sessel und las weiter in seinem Buch von Pierre Laplace mit dem Titel ´Philosophischer Versuch über die Wahrscheinlichkeit´ welches Emilia ihm geschenkt hatte.
Carl empfand die Situation als angenehm. Euphorisch hätte man es nicht nennen

können, war aber nah dran. Ein wenig Sorgen machte ihm nämlich noch sein nicht abklingender Husten und natürlich die Taubheitsgefühle und die Rückenschmerzen.

Etwa eine Stunde später, Carl hatte lauwarmen Kaffee schlürfend gerade ein Kapitel beendet, war es bereits dunkel geworden. Er hatte sich bereits ausgezogen, um seinen Pyjama anzuziehen, als er ein leises Miauen von draußen vernahm. Als aber das Miauen immer erbärmlicher und lauter wurde, musste er zur Klärung des Sachverhaltes nachsehen.

Das Gemiaue kam eindeutig vom Mansardendach. Carl öffnete das Fenster und sah eine Katze, die wohl über das Dach geschlichen und durch die Reißzwecken getapst sein musste. Carl, nackt, tastete sich nach vorne. Gutmütig wie er war, konnte er die Katze nicht sich selbst überlassen. Er musste handeln, das war für ihn eindeutig.

Der Held auf dem Mansardendach.

Es hatte angefangen zu regnen. Der Duft von Regen in Frühlingsnächten stieg in die Luft.

Carl lehnte sich so weit wie möglich aus dem Fenster, erreichte aber weder die Regenrinne, noch die Katze, die ihn erwartungsvoll anstarrte.

„Miez miez" lockte Carl.

„Miiiieeeeeeeez!"

Die Distanz war zu groß, er musste wohl oder übel auf das Mansardendach steigen, um die Katze zu bergen. Es regnete stärker und er liebte diesen Frühsommergeruch, konnte sich aber jetzt nicht darauf konzentrieren, er hatte Wichtigeres zu tun. Todesmutig und tollkühn stieg er etwas link aus dem Fenster, keuchte und schnaubte. Dann fiel ihm ein, dass er ja nackt war. Umdrehen konnte er jetzt nicht mehr, schließlich verlangte diese Rettungsaktion sein ganzes Können, dachte Carl.

Carl robbte über das Dach, hin zur Katze.

Dann aber ging alles ganz schnell.

Carl setzte seinen rechten Fuß etwas zu schräg auf das abschüssige Ziegeldach, rutschte leicht ab, versuchte mit der linken Hand nach oben zu greifen, griff jedoch nur ins Leere, schlackerte mit dem rechten

Bein bereits in der Luft und im Fall nach unten, dachte Carl nur noch:
„Verdammt".
Sein Sturz wurde teilweise von den unten abgelegten und zum Teil aufgeweichten Umzugskartons gebremst, aber nur insofern, dass es ihm das Leben rettete.
Leute strömten, angezogen durch den Lärm, herbei, umringten Carl.

„Holt den Krankenwagen"

„Der ist ja nackt!"

„Was ist mit dem?"

„Er ist vom Dach gestürzt"

„Ist der nackt über das Dach gelaufen?"

„Ja, muss wohl so gewesen sein"

„Das muss ein Verrückter sein!"

„Das muss der sein, über den berichtet wurde: der Nackte, auf dem Campus"

„Ja. Das muss der sein!"

Carl hatte längst das Bewusstsein verloren.

23

Als Carl sich von seinem Milzriss, den drei gebrochenen Rippen, dem Schädelhirntrauma, dem dreifach gesplitterten Oberschenkelbruch und den zwei ausgerenkten Fingern erholt hatte, wurde er in die New Yorker psychiatrische Anstalt eingeliefert. Dr. Nash hatte mit Dr. Bernstein in einem Bericht an den Direktor der Anstalt einwandfrei beweisen können, dass Carl der Mann sein musste, der in letzter Zeit nackt auf dem Campus herumgelaufen sei, dass sein mentaler Zustand, gründend auf seinen wirren und dokumentierten Aussagen während der Sitzungen und die in seinem Zimmer von der Polizei gefundene Puppe,

die in seinem Bett gelegen hatte, durchaus kritisch sei und dass er schleunigst in Behandlung gehöre.
So zumindest stellte sich der Sachverhalt dar. Nebensächlich war wohl, dass die Wirklichkeit ganz anders aussah.

Die Katze wurde übrigens gerettet. Von der Polizei.

Emilia blieb, als seine Schwester, weiterhin besorgt und Carol gestand der langjährigen Freundin ihre Liebe. Beide wurden ein Paar. Praktischerweise wohnten beide ja schon zusammen.

Frau Björnsdotter meinte später:
„Der arme, arme Mann. Er war doch so nett. Er mochte meine Kekse sehr."

Ende

Über den Autor:

PASCAL DEBRA, 1978 in Luxemburg geboren, studierte Philosophie (speziell wissenschafts-theoretische Ansätze), Literaturwissenschaften und Linguistik an der Universität Trier und erwarb dort den Magister Artium Abschluss. Beschäftigt sich mit der Vielfalt von Weltan-schauungen und philosophischen Konzepten. War Lehrer für Philosophie und Ethik, unter-richtet aktuell in einer Privatschule.

Facebook: Pascal Debra

Weitere Schriften:

„Der Schachspieler" Roman (2009) (Neue Auflage 2017)

„Die Reißzwecke in der Regenrinne"
Roman (2009) 2. Auflage 2018

„Die Evolution des Skorpions" Roman (2017)

„Äonenfalter –Gedichte und Koans 2002-2006"
Jubiläumsauflage 2017

Aesculus –Ein Gedichtzyklus in 5 Bildern. (Einzelausgabe 2017)

„Die Pathologie der Liebe" Roman. (2017)

„Horizontenstille" Gedichte aus den Jahren 1993-1998
20jährige Jubiläumsausgabe 2018

„Ausgewählte Gedichte 1998-2002" (2018)